KB095186

저기 그곳에 내가 서 있네

저기 그곳에
내가 서 있네

ⓒ 김현호, 2024

초판 1쇄 발행 2024년 8월 28일
　　　2쇄 발행 2024년 10월 17일

지은이　　김현호
펴낸이　　이기봉
편집　　　좋은땅 편집팀
펴낸곳　　도서출판 좋은땅
주소　　　서울특별시 마포구 양화로12길 26 지월드빌딩 (서교동 395-7)
전화　　　02)374-8616~7
팩스　　　02)374-8614
이메일　　gworldbook@naver.com
홈페이지　www.g-world.co.kr

ISBN　979-11-388-3468-1 (03810)

- 가격은 뒤표지에 있습니다.
- 이 책은 저작권법에 의하여 보호를 받는 저작물이므로 무단 전재와 복제를 금합니다.
- 파본은 구입하신 서점에서 교환해 드립니다.

한 은퇴자의 상담자 되어가는 이야기

저기 그곳에
내가 서 있네 ──────

김현호 지음

좋은땅

서문

나는 38년간의 직장 생활을 끝낸 후 대학원에서 상담학을 공부했다. 은퇴 후의 삶을 어떻게 살아야 하나. 어떤 마음과 태도로 남은 삶을 정리해 나가야 하나. 그런 생각들이 나를 상담학으로 이끌었다. 사람의 마음을 탐구하는 상담학이 나의 삶의 방식을 모색하는 데 도움이 되리라 생각했다. 상담학이 크게 어려운 학문은 아닐 것이라는 섣부른 생각도 선택에 한몫했다. 나의 변화만을 염두에 둔다면 배운 만큼 익히고 적용하면 될 것이다. 그러나 타인의 마음을 다루는 문제는 차원을 달리하는 것이었다. 그런 의미에서의 상담학은 나에게 끝도 없고 깊이도 모를 무한히 어려운 공부로 다가왔다. 사람의 마음이 얼마나 무궁무진하고 각양각색인지를 생각한다면 사실 상담이 얼마나 어려운 학문이고 기술인지 쉽게 짐작할 수 있는 일이다.

이 책은 당초 졸업논문으로 쓰려고 한 것이었다. 그러나 상담학의 어려움을 느낄수록 논문을 쓸 자신감을 잃어 갔다. 결국 나의 경험을 학문적으로 분석하는 대신 그냥 가볍게 쓰는 길을 택했다. 상담학을 공부하는 과정에서 경험하고 느낀 점을 마음 가는 대로 쓰려고 했다. 나 자신의 경험과 감정을 최대한 날것 그대로 드러내려 했고, 분석이나 의미 탐색은 시도하지 않았다.

내가 굳이 이것을 책으로 쓰려는 것은 상담학 공부를 하면서 매 순간 나를 바라보고, 나를 드러내고, 나를 이해하려던 작업을 나름대로 정리하고 기록해 보고 싶었기 때문이다. 대학원 수업에서는 자신의 내면의 경험을 매주 보고서로 제출하는 과제가 주어졌다. 이 책에는 내가 제출한 과제도 많이 포함돼 있다. 결국 이 책은 상담학을 공부하면서 느낀 나 자신의 경험보고서라고 할 수 있다. 다른 사람들에게 얼마나 공감을 받을지는 모르겠다. 다만 상담자로서, 한 인간으로서 자기 성장을 위해서는 꾸준한 자기 개방이 필요하다는 생각에서 부끄러움을 떨치고 나를 드러낼 뿐이다.

목차

2 ── 나를 찾아 나서다

3 —— 저기 그곳에 내가 서 있네

1

시간과 공간이 멈추다

텅 빈 시간과 공간에 던져지다

그날 아침, 눈을 뜨면서 나는 깨달았다. 나의 시간과 공간이 멈춰 버렸다는 사실을. 침대를 박차고 나와 출근을 서두르던 어제까지의 부산한 시간은 정지돼 있었다. 언제까지라도 침대 속에 몸을 눕히고 있어도 그만이었다. 나의 시간은 더 이상 흐르지 않았다.

어제까지 자동 인형처럼 내 몸이 향하던 직장도 사무실도 사라졌다. 그곳은 이제 나와 아무 상관 없는 공간이 돼 버렸다. 내가 가야 할 곳은 아무데도 없었다. 시계처럼 정확히 짜여 있던 나의 하루 일정과 만나야 할 사람들, 그 모든 것이 한순간에 사라졌다. 나는 시간과 공간이 멈춰 버린 텅 빈 시공간 속으로 던져진 것이었다. 은퇴의 첫날은 나에게 그렇게 다가왔다.

은퇴란 대개 인생에서 우리가 겪는 가장 큰일 중 하나일 것이다. 은퇴는 우선 한 사람의 사회 활동을 완전히 변하게 만든다. 사회생활의 대부분이 직장과 관련되기 마련인데 직장이 사라졌으니 만나고 접촉하는 사람도 확 달라지거나 크게 줄어들 수밖에 없다.

은퇴와 함께 소득도 사라지거나 줄어들게 되니 경제생활도 변화를 겪게 된다. 가족과의 관계에도 변화가 생기게 마련이고, 이런저런 달라진 환경은 정신적 신체적 변화도 가져오게 된다. 한마디로 은퇴는 우리가 사회적, 경제적, 정신적, 신체적으로 직면하게 되는 종합적이고 복합적인 위기라고 할 수 있는 것이다. 이 위기를 어떻게 받아들이고 극복하느냐에 따라

저기 그곳에 내가 서 있네

개인의 인생 후반기는 그간의 삶을 잘 정리하면서 제2의 인생을 개척해 나가는 성장의 연장선이 될지, 아니면 좌절과 포기의 심정으로 남은 인생을 무의미하게 소진시키는 퇴행의 시기가 될지 결정 나게 된다.

인간은 자신의 의사와는 아무 상관 없이 우연히 우주 속에 던져진 존재라고 실존주의자들은 말한다. 종교적 신앙을 갖지 못한 나는 이러한 무신론적 실존주의자들의 생각에 비교적 공감하는 편이다. 그러한 나에게 은퇴는 그야말로 또 다른 실존적 탄생이었다. 그 실존적 텅 빈 공간이 나에게 절망이나 자포자기, 무기력감을 의미하는 것은 아니었다. 그렇다고 해서 실존주의자들이 강조하는 자유와 책임감으로 채워진 것도 아니었다. 그저 무덤덤했고 특별한 생각이 없었다.

나의 은퇴가 갑작스런 것은 아니었다. 나의 마지막 직책은 사실상 임기제였기 때문에 은퇴는 정년퇴직처럼 예정된 날짜에 이루어진 것이었다. 그럼에도 나는 은퇴 후의 삶에 대해 진지하게 고민하지 않았고 구체적인 준비를 해 놓지도 않았다. 그동안 타고 온 배에서 내리면 바로 갈아탈 수 있는 배가 준비돼 있지 않은 것이었다. 이제 어떤 삶을 살 것인가. 아무 계획도 준비도 없이 이 세상에 던져진 나의 인생 후반부는 어떻게 펼쳐질 것인가.

나는 우선 그 텅 빈 공간을 편안하게 유영하기 시작했다. 하고 싶은 일은 하고, 하기 싫은 일은 하지 않았다. 즐거운 것만 생각하고 골치 아픈 일은 내쳤다. 그게 가능했던 것은 아마도 은퇴 후 나의 경제적-신체적-가정적 여건이 비교적 무난했기 때문일 것이다. 큰 고민거리도 없었다.

나의 일상은 그냥 편안하고 행복했다. 이런 게 누구나 꿈꾸는 은퇴 후의 삶이 아닌가 하는 뿌듯함도 느껴졌다. 직장생활에 대한 후회라든가, 이루지 못한 일에 대한 아쉬움 같은 것도 거의 없었다. 그러니 더 이상의 꿈도 없었다.

이 시기는 나에게 그동안의 나를 비워 내는 과정이었을 것이다. 은퇴 전에 미리 은퇴 후의 계획을 세워 두었다가 곧바로 그 일을 시작했다면 아마도 은퇴 후 나의 사는 모습은 바뀌어도 나의 내면은 크게 변하지 않았을 것이다. 삶의 겉모습만 달라진 채 나의 가치관이나 삶에 대한 태도, 인간관계에 관한 인식 등은 그대로였을 가능성이 크다. 은퇴 후 아무런 생각 없이 무위도식하는 시간은 알게 모르게 그동안의 나를 돌아보고 내 속의 많은 것을 비워 내는 과정이었음을 나중에야 어렴풋 느끼게 되었다.

은퇴 후의 편안한 일상 속에서 나는 한 가지 사실을 깨닫게 됐다. 은퇴와 함께 사라졌던 나의 시간과 공간이 그동안의 내용물을 다 비우고 다른 모습으로 오롯이 나에게 다시 돌아오고 있다는 생각이 들었다. 하루 24시간이 나의 시간이고, 내가 있는 곳은 어디든 나의 공간으로 여겨졌다. 직장생활 때는 거의 모든 시간과 공간, 인간관계가 회사 일과 관련된 것이었다. 나의 자유로운 선택과 의지가 끼어들 틈이 거의 없었다. 나의 일상과 몸은 성능 좋은 기계처럼 작동되었다. 이제 그러한 일상은 좋든 싫든 나에게서 떠나갔다. 나에게 이래라 저래라 요구하는 사람도, 조직도, 환경도 사라졌다. 이제 하루를 어떻게 지낼 건지, 무엇을 하고 무엇을 하지 않을 건지, 누구를 만나고 누구를 보지 않을 것인지, 어디로 갈 건지, 무엇을 먹을 건지, 모든 것은 내 자유의지로 생각하고 결정해야 했다. 책임도 오롯이 나의 몫이 되었다.

내가 느낀 편안한 삶은 마치 어머니 배 속 같은 아늑함이었는지도 모른다. 그러나 나는 다시 태어나야 했다. 언제까지 아무 생각 없이 태아의 편안함과 아늑함을 누리고 있을 수만은 없는 노릇이었다. 우주에 던져져 자유와 책임, 고독과 불안 속에 삶의 의미를 찾아가야 하는 실존적 인간의 삶이 나에게 다가오고 있었다.

전원 속에서 어린 나를 만나다

봄의 햇살이 따스하다. 텃밭 일을 시작한다.

고춧대와 호박넝쿨 같은 지난해 농사의 찌꺼기들을 화로에 태우고, 멀칭용 비닐을 걷어 냈다. 퇴비를 뿌리고 삽으로 흙을 갈아엎는다. 무리하지 말고 하루에 한 고랑씩만 해야겠다고 생각하지만 하다 보면 늘 두세 고랑씩은 하게 된다.

일을 하다 중간중간 밭고랑에 퍼질고 앉아 커피도 마시고 앞산을 바라보며 이런저런 생각도 떠올린다. 고양이가 내 주위를 떠나지 않는다. 얼마 전 함께 크던 단짝이 갑자기 죽고 난 뒤 부쩍 외로움을 타는지 내 다리에 온몸을 비빈다. 나는 어릴 때부터 고양이를 싫어하고 무서워했다. 초등학교 시절 시골 영화관에서 본 영화 하나는 지금도 잊히지 않는다. 당시의 인기 여배우 도금봉이 주연으로 나왔는데 제목이 〈살인마〉라고 기억한다. 주인공이 애지중지 키운 고양이가 주인이 억울한 죽음을 당하자 그 원수를 갚는다는 줄거리였다. 고양이의 매서운 눈초리가 너무 무서워 덜덜 떨고 있는데, 옆자리에 앉은 친구가 무심결에 자기 손이 내 무릎에 닿자 "의자가 와 이래 덜덜거리냐?"고 의아해 했다.

은퇴 후 전원생활을 하면서 우리 집을 찾아오는 들고양이들을 매정하게 내치지 못했다. 아내가 이들에게 먹이를 주고 잠자리를 제공하다 보니 나도 어느덧 정이 들고 한 식구처럼 지내게 되었다. 동물도 인간도 이렇게

정이 드는구나 싶었다.

나는 은퇴 후 곧바로 시골 전원주택으로 이사했다. 퇴직 이후에도 생활의 편의성이나 인간관계 등을 감안하면 서울에 그냥 눌러사는 게 훨씬 나을 것이다. 주위에서도 만류했다. 그러나 나는 더 늦기 전에 내가 진정으로 원하는 것들을 해 보고 싶었다. 내가 진정으로 원하는 것이 무엇인지 분명치 않았지만, 시골에 가서 살고 싶다는 사실은 확실했다.

나는 농사일을 좋아한다. 제대로 농사일을 해 본 적도 없고 농사에 관해서는 아는 것도 없지만 그냥 좋아한다. 어릴 때 시골서 자랐지만 아버지가 학교 선생님이라 농사를 짓지는 않았다. 옛날 시골 학교에서는 선생님들께 실습지라고 해서 채소밭 정도를 나눠 주었는데, 그때 열심히 배추밭에 물을 주고 학교 재래식 변소에서 인분을 퍼 나르던 기억이 생생하다. 다른 형제들은 이 일 하기가 싫어 이런저런 핑계로 도망 다녔지만 나는 왠지 이런 일이 신나고 재미있었다.

한창 직장생활을 할 때인 40대 초반에는 회사 퇴직과 귀농을 결심하고 충청도와 강원도의 귀농 농가를 찾아다니기도 했다. 그때 전업농이 간단치 않은 걸 알았다. 또 어떤 분이 나에게 "흙을 좋아하기는 하지만 아직 흙을 두려워하고 있으니 농사는 나중에 지어라."고 충고해 귀농은 포기했지만, 서울 근교에 주말 주택을 마련해 아쉬운 마음을 달랬다. 자그마한 주말 주택을 구입한 첫해에 집 안과 주변에 심은 농작물 종류가 27가지에 달했다. 물론 대부분 한 종류에 서너 포기에 지나지 않았지만 뭐든 키워 보고 싶은 욕망을 주체하기 어려웠다.

은퇴 후 전원주택을 고를 때도 텃밭이 중요한 기준이 되었다. 집을 보러

다니면서 건물보다는 텃밭에 먼저 눈길이 갔다. 지금 우리 집에는 100여 평의 텃밭에 이런저런 나무와 채소가 자란다. 농사일은 매일 밥을 먹는 것처럼 자연스런 일과가 되었다. 그러나 텃밭 수확물은 질적으로나 양적으로 영 신통치 않다. 그나마 수확물을 제대로 소화하기도 어렵다. 나와 아내가 다 먹기에는 너무 많고 친척들이나 지인들에게 주어도 별로 좋아하지 않는다.

마켓에서 채소 값을 보면 농부들이 가엾다는 생각이 든다. 대파 한 묶음이 비쌀 때도 몇천 원 하는데 그중에 농부들에게 돌아갈 몫은 잘 해야 절반도 되기 어려울 것이다. 저 대파 한 묶음을 키워 내려고 농부들이 얼마나 애를 쓰는지 아는 사람이 얼마나 될까.

해마다 가을이면 텃밭을 확 줄이고 정원을 넓혀야겠다고 다짐하지만 새봄이 오면 또 이렇게 밭갈이에 빠진다. 잘 다듬은 밭에 먼지처럼 미세한 상추씨를 뿌리고 며칠을 기다리면 눈에 보일락 말락 한 새싹이 대지를 뚫고 나온다. 가만히 쭈그리고 앉아 그 모습을 지켜보고 있노라면 생명의 신비로움, 장엄함이 숨을 멈추게 한다.

나의 전원생활은 은퇴 후 나를 찾아가는 여정의 첫걸음이었다. 은퇴와 함께 자의든 타의든 많은 것들이 나에게서 멀어져 가는 가운데 나에게 뚜렷한 모습으로 다가온 것은 대지의 흙이었다. 그것이 일시적 위안과 휴식을 위한 것이 아님을 나는 확신했다. 어릴 적 유난히 채소 가꾸기를 좋아했던 시골 아이가 그동안 숨죽여 있다가 이제야 신이 나서 깡충깡충 나에게로 달려오는 것이었다. 나는 그를 힘껏 품어 안았다. 그동안 도시에서 공부하고 직장생활을 하는 동안 그 아이는 나의 내면 한구석에서 외면받

저기 그곳에 내가 서 있네

고 억눌렀을 것이다. 그래도 나를 떠나지 않고 숨죽이고 있었던 것이다. 이제 내가 직장과 사회에서 내몰려 나올 수밖에 없을 때 나를 따뜻하게 맞아 준 것은 내 속의 어린 나였다. 고마웠다.

그동안 나는 집을 나가 오랫동안 바깥에서 살아온 것은 아닐까. 집안에 나를 둔 채 바깥에서 무언가를 열심히 좇아 다닌 것은 아닌가. 그러다가 어느 순간 나를 찾아 집으로 들어가려고 보니 문은 안에서 잠겨 있다. 어떻게 들어가야 할지 모른 채 우두커니 서 있는 나에게 문을 열어 준 것은 집 안에 있던 어린 나였다.

정장과 함께 벗겨지는 것들

직장에서 은퇴하고 시골로 내려오니 자연히 정장을 입을 일이 없어졌다. 직장생활 때는 정장 차림이 기본이라 30년 넘게 정장을 입었고 그게 편했다. 어쩌다 편한 복장으로 외출을 하려면 오히려 그게 더 불편해 그냥 정장을 입는 경우가 많았다. 그러나 퇴직 후 내가 가는 자리나 만나는 사람들은 아무런 격식도 정장도 필요하지 않았다.

나는 패션 감각이 제로다. 그러다 보니 내가 입는 편한 복장은 말 그대로 편한 옷이다. 은퇴 후 나들이 때는 정말 편한 옷을 입었다. 그런데 옷을 바꾸고 나니 나의 행동도 달라지기 시작했다. 격식을 따지는 것이 아니라 정말 내가 편한 대로 행동하는 것이었다. 나의 행동을 스스로 검열하는 일이 사라졌다.

나는 떡볶이를 좋아한다. 그러나 실제 먹을 수 있는 기회는 별로 없다. 당뇨가 있어 아내의 음식 통제가 심했다. 혈당을 올리는 떡볶이는 집에서 금기시됐다. 그렇다고 직장생활을 하면서 바깥에서 점심이나 저녁 식사로 떡볶이를 먹기는 좀 그랬다. 노점에서 파는 떡볶이에 군침이 돌았지만 정장 차림으로 길거리에서 먹기에는 주위 시선이 의식됐다.

그러다가 퇴직과 함께 정장을 벗고 나니 다른 세상이 열렸다. 언제나 나의 온몸에 달라붙어 있다고 생각한 외부의 시선이 정장과 함께 벗겨진 것이다. 이제 나를 바라보는 시선은 아무것도 없다는 생각이 들었다. 나의

저기 그곳에 내가 서 있네

편한 복장만큼이나 나의 행동도 편해졌다. 전철을 탈 때면 거의 어김없이 역내 간이 분식점에서 선 채 떡볶이를 즐긴다. 전철 갈아타는 시간을 이용해 종이컵에 떡볶이 6개를 담아 주는 컵볶이를 재빨리 먹어 치우는 일은 나의 서울 나들이의 큰 낙이다.

그런데 어느 날, 그날은 부득이 정장을 입지 않을 수 없는 날이었다. 평소처럼 지하철의 단골 분식점으로 달려가던 나는 아차! 하고 걸음을 멈추었다. 지금 양복에 넥타이를 매고 있잖아. 이런 차림으로 떡볶이를 먹는다고? 그동안 사라졌던 주위의 시선들이 좀비 무리처럼 와락 나에게로 다시 달려드는 느낌이었다.

분식집에서 좀 떨어진 곳에 선 채 잠시 망설였다. 왜 양복을 입으면 떡볶이 하나 먹는 데도 이렇게 주위를 의식하게 되나. 양복 입고 떡볶이 먹는다고 뭐라고 할 사람이 누가 있나. 타인의 시선을 의식한다는 게 이렇게도 하찮으면서도 집요한 것인가. 이 타인들은 나에게 누구인가. 서로를 알지도 못하고 아무 상관도 없는 사람들, 그저 지나가는 사람들 아닌가. 나에게 눈길 한번 주는 사람도 없지 않은가. 내가 양복 차림으로 떡볶이를 먹는다고 해서 이들에게 무슨 피해를 주나.

결국 내가 의식하고 있는 것은 타인의 시선이 아니라 나 자신의 시선이다. 양복을 입고 떡볶이를 먹는 일은 체면을 구기는 것이라는, 내가 나에게 가르쳐 온 규율 같은 것이다. 양복 입은 사람이 역내 간이 분식점에서 떡볶이 먹는 모습을 보면 떠오르는 나의 생각을 나 자신에게 투사하고 있는 것이다.

떡볶이를 먹고 싶다는, 아주 작지만 소중한 나의 욕구. 그리고 그래서는 안 된다는 오랫동안 단련된 나의 체면. 누가 이길까. 아니, 누가 이겨야 하는가. 그것은 나의 선택에 달렸다. 한 가지 생각이 분명해졌다. 양복 입은 체면 때문에 떡볶이를 포기한다면 왠지 두고두고 찜찜할 것 같았다. 아무도 신경 쓰지 않는 주위의 시선에 괜히 혼자 주눅 들어 먹고 싶은 것도 못 먹는 가엾은 존재.

나는 떡볶이 집을 향해 걸어갔다. 그리고 평소보다 더 큰 소리로 외치듯 말했다. "컵볶이 하나요." 그리고 평소보다 더 맛있게 떡볶이를 먹었다. 속이 뚫리는 기분이었다. 아무도 신경 쓰지 않는데도 괜히 혼자 스스로를 무장시키고 있던 낡고 오래된 두꺼운 갑옷 하나를 벗겨 내는 기분이었다.

그렇게 은퇴는 나에게 작지만 소중한 자유 하나, 어린 아이처럼 언제 어디서나 먹고 싶은 걸 먹을 수 있는 자유 하나를 되찾아 주었다. 이 하찮아 보이는 작은 자유를 되찾는 방법을 지하철역의 떡볶이 한 컵이 나에게 알려 주었다.

저기 그곳에 내가 서 있네

명함이 사라진 곳에

은퇴 후 어떤 모임에서 처음 만난 사람과 인사를 나누게 됐다. 그는 자신의 명함을 건넸다. 거기엔 그의 직함과 이름과 전화번호가 적혀 있었다. 그는 내가 명함을 주기를 기다리는 눈치였다. 내가 명함이 없다고 하자 그는 잠시 당황한 듯하더니, "그러면 무엇이라고 불러야 할까요?"라고 물었다. 나도 당황했다. 그가 나의 이름을 묻는 게 아님은 분명했다. 이름 뒤에 붙일, 또는 이름 없이 그냥 부를 수 있는 직책을 묻고 있는 것이다. 나에겐 직책이 사라진 상태였다. 내가 머뭇거리자 옆에 있던 지인이 나의 전 직장과 전 직책을 소개하면서 "전 직책인 ○○으로 부르면 되겠네요."라고 했다. 그제서야 그는 아, 네. 김○○ 님이라고 불렀다. 나의 호칭이 정해지고 서야 그와 나는 대화를 나눌 수가 있었다.

은퇴와 함께 나의 직책은 사라졌다. 그와 함께 나의 사회적 호칭도 사라졌다. 사회에서는 사람들이 나의 이름이 필요한 것이 아니었다. 직장생활을 할 때도 나는 이름이 아니라 직책으로 불렸다. 직책이 사라지자 나의 호칭도 사라지고, 사람들은 나를 어떻게 불러야 할지 곤혹스러워했다. 그리고 편의상 나는 여전히 옛 직책으로 불리는 존재가 되었다. 은퇴 후 내가 새로운 직책을 갖지 못하면 나는 영원히 옛날의 존재로만 기억될 것이다. 나는 나의 이름만으로 온전히 존재할 수는 없는 것일까. 직장과 직책이 사라진 사람의 이름은 아무런 의미도 가질 수 없는 것일까.

우리는 어떤 사람을 이름으로 부를 수 있을 때 그를 한 인간으로서 의식하게 된다. 가족이나 가까운 친구들이 그러하다. 직책보다 이름으로 부를 수 있을 때는 가까운 사이에다 그가 어떤 사람인지를 대충 안다. 그러나 직책으로 부르는 사람에 대해서는 그의 사회적 역할과 기능을 알 뿐 그의 인간 자체는 잘 알지 못하고 알 필요도 느끼지 않는다. 인간관계에서 사회적 직책은 그 영향력이 압도적이어서 그 사람의 인간적 면모를 가리게 마련이다. 대부분 직책만으로 그 사람에 대한 평가를 내리게 되는 것이다.

우리가 병원에 가면 한 인간이 아니라 환자로만 간주되기 십상이다. 병원에서는 우리가 병을 가진 한 인간으로서 어떤 심리적, 사회적 고통을 갖는지 등에 대해서는 관심이 없다. 오직 병명과 각종 검사 수치만이 나를 드러내는 정체성일 뿐이다. 나는 병원에 가면 당뇨병 환자일 뿐이고 의사는 혈당 수치에만 관심을 갖는다. 내가 어떤 인간인지, 당뇨로 인해 어떤 심리적 어려움을 겪는지 등에 대해서는 관심도 그럴 시간도 없다. 우리 사회가 이런 병원과 크게 다를 게 없는 것은 아닐까.

병원에서는 병명이, 사회에서는 직책이 한 인간의 정체성을 대변하고 있는 것 아닐까. 은퇴 후 직책이 사라진, 그래서 그동안의 정체성이 사라진 나는 이제 어떤 사회적 존재로 살아가야 하는 걸까. 아무 직책 없이도 처음 본 사람에게 나를 소개할 수 있는 호칭은 무엇일까. 은퇴자, 연금생활자, 경로우대자 등등 사회적 기능과 위상을 나타내는 것이 아닌 진정한 나를 표현하는 호칭은 없는 것일까.

직책이 사라진 나를 어떻게 불러야 할지 몰라 곤혹스러워하는 사람들은 나의 직책 외에는 나를 잘 모를 것이다. 내가 어떤 사람인지는 관심도 없

저기 그곳에 내가 서 있네

다. 직책과 역할, 그에 따른 관계에만 신경을 쓸 뿐이다. 그런데 남들만 그
럴까. 나는 나 자신이 어떤 사람인지에 대해 얼마나 알고 있을까. 직책이
사라진 나 자신을 남에게 소개할 때 무엇이라고 소개할 것인가. 지금도 흘
러간 과거 직책을 들먹이며 우물쭈물하고 있지는 않은가. 나는 나를 얼마
나 알고 있는 것일까. 이제는 명함을 내밀 듯 나는 이런 사람이라고 말할
수 있어야 하지 않을까.

하늘을 날다

　낙하산은 유유히 창공을 떠다녔다. 거기에 몸을 실은 나는 자는 듯, 꿈꾸는 듯 편안했다. 발아래로는 산과 강과 들판과 도시가 펼쳐졌다.

　패러글라이딩. 이 나이에 웬 패러글라이딩? 젊을 때도 하지 않던 일을 이제 와서 왜? 패러글라이딩에 끌린 가장 큰 이유는 역설적이게도 생각만 해도 두렵고 떨렸기 때문이다. 그 두려움에 도전해 보고 싶었다. 더 이상 늦출 수가 없었다.

　마침 내가 살고 있는 경기도 양평군에 패러글라이딩장이 있었다. 늦겨울 쌀쌀한 날씨에 그곳을 찾았다. 가장 장시간의, 가장 고난도의, 그래서 가장 비싼 비행 프로그램을 신청했다. 기왕이면 가장 센 놈, 가장 두려운 놈을 택하고 싶었다.

　자동차를 타고 산꼭대기에 있는 이륙장으로 올라가는 동안, 그리고 이륙하기 위해 낙하산을 메고 경사지를 냅다 달려 내려갈 때는 짜릿한 두려움과 흥분이 온몸을 감쌌다. 낙하산이 퍼지고 몸이 공중으로 떠오르는 순간 긴장은 절정에 달했다. 곧이어 발아래로는 그림 같은 풍경이 펼쳐졌다.

　잠시 후 몸이 편안해지고 두려움이 사라지는 순간 비행은 한가로운 산책처럼 여겨졌다. 두려움을 이겨 낸 후의 여유였다. 긴장이 사라지자 몸은 힘이 빠지기 시작했고, 멀미 증세까지 생겼다. 발아래의 아름다운 풍경은 애초에 나의 관심이 아니었는지도 몰랐다. 두렵게만 느껴지던 패러글라이

　저기 그곳에 내가 서 있네

딩에 도전하고 성공했다는 사실 자체가 나에겐 중요했다. 비행 예약 시간이 많이 남았지만 나는 중간에 내리고 말았다. 이제 나에게서 패러글라이딩의 매력은 사라졌다. 거기엔 두려움이 사라졌기 때문이다.

나는 평소 활동적이거나 모험을 좋아하는 스타일이 아니었다. 젊을 때라면 패러글라이딩 같은 건 하지 않았을 것이다. 그게 나에게 레포츠 이상의 무슨 의미를 갖지도 않았을 것이다. 그러나 은퇴라는 사건에서 나는 나의 존재감이 위축되고 있음을 불쑥불쑥 느끼지 않을 수 없었다. 누가 뭐라고 해서가 아니라 나 스스로 그렇게 느껴졌다. 사회 활동의 위축에서 오는 불가피한 감정일 것이다. 나 스스로에 대한 존중감을 확인하는 것이 중요해졌다. 내가 잘하는 것보다 그동안 두려워하고 꺼리던 일에 도전해 보고 싶었다. 더 늦기 전에 스스로 나 자신에게 씌워 놓은 굴레와 규제를 벗어보고 싶었다. 그것이 나 자신의 발견이고 성장이며 나아가 자기실현이 아닐까하는 생각이 들었다. 패러글라이더를 타고 하늘 위에서 그것을 확인해 보고 싶었던 것은 아닐까.

산이 나에게 알려 준 것

양평 소리산 하산길은 죽음의 길이었다. 산 정상에서 우연히 만난 등산 객이 알려 준, 올라온 길과는 정반대 방향의 하산길을 택했는데 체감 경사가 거의 90도 직각이었다. 미끄러지고 넘어지며 로프 줄을 붙잡고 기다시피 했다. 바위에 낙엽이 쌓여 있는 데다 경사가 급하니 밟으면 그냥 미끄러진다.

죽을 고생을 해서 급경사를 다 내려오니 이제 여기가 어딘지 도대체 알수가 없다. 인가도 사람도 안 보인다. 네이버 지도를 보니 위치 표시는 되는데 주변 길은 전혀 나오지 않는다.

무작정 좀 걷다가 국가위치표시판이라는 게 나오길래 거기 적힌 긴급 연락처로 전화를 했다. 군청 산림과라는데 젊은 여직원 목소리였다. 위치 표시판 번호를 알려 주고 소리산 입구로 가는 길을 좀 알려 달라고 했더니 전화 끊고 기다리라고 한다. 일요일이라 당직 직원 같은데 산속 실종자 안내 업무에 익숙지 않은 것 같았다. 대충 감으로 방향을 잡아 한참 걷고 있는데 그 직원이 문자로 보내 준 것은 주변 지도 한 장이었다. 네이버에 나오는 정도였다.

깊은 산속이라 해는 짧아 오후 4시도 채 안 됐는데 어두워지기 시작한다. 슬슬 불안해졌다. 어제 일간지에서 본 기사가 떠올랐다. 설악산에서 3일간 실종됐다가 극적으로 구조된 77세 노인의 이야기였다. 나도 이렇게

　　　　　　　　　　저기 그곳에 내가 서 있네

되려나? 119에 실종 신고를 해야 하나? 휴대폰을 만지작거렸지만 망설여졌다. 산악구조대에 의해 구조되면 주말 사건 사고 기사로 신문이나 방송에 한 줄 날지도 모른다. 그러면 나이 든 노인이 겨울에, 그것도 혼자 겁도 없이 산에 올랐다가 죽을 뻔했다고 얼마나 욕을 해 대겠는가. 저런 인간을 왜 국민 세금으로 구해 줘야 하냐고 열 올릴 사람도 없지 않을 것이다. 그 망신을 어찌 감당하겠는가. 일단 좀 더 가 보자. 그나마 가끔씩 나무에 산악회 표시 리본이 달려 있는 걸 보면서 아주 외진 곳은 아니구나 하는 안도감을 느꼈다.

산길을 헤매면서 뼈저린 반성을 했다. 등산 완전 초보 주제에 너무 건방졌다. 아니, 정말 무식했구나. 겨울 등산을 혼자서, 그것도 초행길 산을 주변 지리도 정확히 사전에 파악하지 않은 채 멋대로 기어 올라왔으니 말이다. 산에 와 보고 등산객이 거의 없다는 사실을 알았으면 그때라도 정신을 차렸어야 할 텐데 오히려 호젓해서 좋다고 생각했다. 산을 무슨 호숫가로 여겼나. 그나마 올라온 길로 다시 내려왔으면 별일이 없었을 텐데 어쩌다 정상에서 만난 등산객이 툭 던진 하산길을 대충 방향만 잡고 내려왔으니 말 그대로 무식하니 용감할 뿐이었다.

또 한 가지, 정상에서 여유롭게 혼자 도시락과 과일과 커피를 맛있게 먹고 마셨다. 이렇게 힘들게 산 정상까지 왔으니 혈당도 별로 안 오르겠지 생각했다. 그래서 과일도 당도가 높은 키위와 귤을 마구 먹고 커피도 달달한 믹스로 쭈욱 마셨다. 기분이 그만이었다. 그리고 느긋하게 한 시간쯤 지난 후 혈당을 재 보았다. 수치가 좋을 것이라 믿어 의심치 않았다. 그러나 악!! 정말 기절할 뻔했다. 그동안 본 적이 없는 사상 최고의 수치가 나왔다. 혹시 과일즙이 손에 묻었나 싶어 물티슈로 손가락을 닦아 내고 다시 재 보았지만 결과는 그대로였다. 아이고, 산에 좀 다닌다고 마구 먹다가는 골로 가겠구나. 산이 준 엄중한 경고였다.

어두워져 가는 산속에서 두어 시간 이리저리 헤매면서 정말 산을 두려워하고 겸손해야겠구나 하고 뼈저리게 반성했다. 그러자 어느 순간 산에 올라갈 때 지나갔던 지점이 눈에 딱 들어오는 것이 아닌가. 아, 이제 살았다!

나는 왜 그렇게 무모하게 산을 올랐던가. 젊었을 때 가끔씩 직원이나 친구들이랑 유명한 산들을 오르긴 했지만 등산보다는 친목이 목적이었다. 등산을 좋아하지도 않았다. 그런데 젊었을 때 산을 별로 오르지 않았다는 사실이 은퇴 후 나를 산으로 내몰았던 것 아닌가 싶다. 젊었을 때 제대로 해 보지 못한 것들에 대한 도전일 것이다. 패러글라이딩도 그중 하나였을 것이다. 젊을 때 채워지지 못한 부분을 은퇴 후 채워 넣으려는 욕구였다.

다음번 등산은 아주 모범적으로 해냈다. 낮은 산은 있어도 쉬운 산은 없다는 격언을 충실히 지켰다. 올라가는 길과 내려오는 코스를 지도에서 미리 정밀하게 살펴보고 중요 사항은 메모까지 했다. 아무도 없는 겨울 산 정상에서 과일과 커피가 없는 소박한 도시락 식사를 마치고 혈당이 오를 시간을 주지 않기 위해 쉬는 시간 없이 곧바로 하산길에 올랐다.

그게 끝이었다. 나의 등산 여정은 여기까지였다. 처음엔 전국의 100대 명산을 오르겠다는 목표도 세우고 등산복과 등산화를 구입하기도 했지만 집 주변 산 몇 군데를 오르고는 멈췄다. 등산은 나에게 더 이상 도전 의식을 촉발하지 않았다. 즐거움을 주지도 않았다. 물론 산에서 얻을 수 있는 정신적 신체적 자산은 무궁무진할 것이다. 그러나 내가 확인하고 싶었

저기 그곳에 내가 서 있네

던 것은 등산에 대한 자신감이었던 모양이다. 그래서 겨울에 혼자 산을 오르는 무모한 시도를 했는지도 모르겠다. 저기 산이 있으니 오를 뿐이라는 무아의 경지는 전혀 아니었던 것이다. 겨울이 지나고 봄이 왔지만 나는 더 이상 등산길에 오르지 않았다.

산림기능사

나는 산림기능사다. 실제 일은 하지 않고 있지만 국가자격증은 당당하게 취득했다. 산림기능사의 직업적 기능 중 하나는 벌목공이다.

나는 잠시 실업자가 되었을 때 산림기능사가 되기 위해 경남 양산시에 있는 임업기술훈련원에서 6주간 합숙 교육을 받았다. 교육 일정이 빡빡해 바로 옆에 있는 통도사에 가 볼 여유도 없었다. 대부분의 교육생은 이미 현장에서 벌목공으로 일하고 있는 사람들로 정식 자격증을 얻기 위해 훈련원에 입소한 사람들이었다. 나처럼 톱 한번 제대로 만져 본 적이 없는 완전 신출내기 훈련생은 50여 명 중 찾아보기 어려웠다. 하루 종일 강의실과 산을 오가며 이루어지는 이론과 실기 수업을 마치고 나면 온몸이 파김치가 되었다.

산에서 실제로 나무를 베어 보는 실습 시간이었다. 비탈진 경사에서 자세를 바로 잡고 엔진 톱을 나무 밑동에 갖다 대면 바짝 긴장이 된다. 휘발유를 채운 엔진 톱은 들고 서 있기에도 묵직하다. 그걸 나무 기둥에 대고 시동을 걸면 소리와 진동이 요란하다. 초보자에게는 정말 위협적이다. 훈련원에서 예비 훈련을 몇 차례 받았지만 산에서 실제로 하자니 몸이 떨려왔다. 더구나 산의 경사가 급해서 무거운 엔진 톱을 들고 자세를 안정되게 고정시키는 것부터가 쉽지 않았다. 자칫 자세가 흐트러지면 큰 사고로 이어질 위험도 있다.

저기 그곳에 내가 서 있네

드디어 내 차례가 되었다. 앞 사람들은 실제 벌목공들이라 능숙하게 나무들을 베어 냈다. 나는 떨리는 마음으로 자세를 잡고, 엔진 톱을 나무 밑동에 조심스레 갖다 댄 뒤 심호흡을 하고 톱의 방아쇠를 당겼다. 엔진 톱이 요란한 소리를 내기 시작한 것과 거의 동시에 교관의 날카로운 음성이 터져 나왔다.

"중지!!"

교관은 나를 한심한 듯이 바라보더니 엄숙하게 말했다.

"당신은 기술을 배우기 전에 하체 힘부터 길러야겠습니다. 다리가 그렇게 떨어서야 나무를 베기는 고사하고 사고 나기 십상이겠습니다."

주위에서는 웃음이 터져 나왔고 나는 얼굴을 들지 못했다. 지금까지 살아오면서 이렇게 무참하게 낙오자 취급을 받아 본 적이 있었나 싶었다. 그래도 이를 악물고 견뎌 냈다. 엔진 톱이 점차 손에 익어지니 마음의 여유가 생겼고 다리도 떨리지 않았다. 이론 수업에서는 수시로 치르는 쪽지 시험에서 나의 성적이 최고 수준이었고, 쉬는 시간에 나에게 이것저것 물어보는 동료 훈련생들도 있어 그나마 실습 시간에 망가진 나의 자존심도 다소 회복되었다. 이론 수업에서는 우리나라 산림의 특징, 녹화의 역사와 조림법, 나무의 종류와 특징, 병충해, 산불 방지, 산림 관련 규정. GPS 사용법 등 다양한 분야를 배웠다. 그렇게 6주간의 고된 훈련과 우여곡절을 겪은 끝에 나는 마침내 이론과 실기 시험에 합격했다.

나는 은퇴 후 산을 매입해 휴양림으로 조성해 보겠다는 거창한 계획을 갖고 있었다. 산림기능사 자격을 딴 뒤 전국의 산을 보러 다녔다. 강원도와 경상북도의 산간 지역을 주로 다녔다. 경사가 30도 이상인 산은 개발이 불가능하기 때문에 땅값이 그렇게 비싸지 않았다. 싼 곳은 한 평에 담배 한 갑 정도였다. 그 무렵 TV에서 방영되기 시작한 〈나는 자연인이다〉 프로도 빠짐없이 보면서 산중 생활에 필요하겠다 싶은 사항들은 노트에 적기도 했다.

우리나라는 국토의 3분의 2가 산이지만 활용도는 높지 못한 편이다. 민둥산을 녹화하는 데는 성공했지만, 이후 조림사업 등을 통해 수종을 바꾸고 산을 지원회히는 데는 크게 성공했다고 말하기 어렵다. 우리나라 산의 3분의 2가 사유지이고, 그것도 대부분 문중 소유라 국가나 지자체가 조림사업 등에 필요한 거의 모든 비용을 지원해 주어도 산주들이 소극적이라는 것이다. 산을 보호하는 데 치중하다 보니 활용도에서 떨어지는 것도 사실이다.

강원도 횡성군 안흥면 국도 가까이 있는 산이 마음에 쏙 들었다. 안흥면은 찐빵으로 유명한 곳이다. 산은 붓을 거꾸로 세워 놓은 모양이라는 뜻의 문필봉이었다. 산을 살리면 계절마다 가 보아야 한다. 녹음이 우거졌을 때와 겨울의 벌거벗은 모습을 모두 보아야 그 산을 제대로 알 수 있다는 뜻이다.

나는 횡성의 산을 세 번째 찾았다. 중턱까지 올라간 뒤 내려오면서 이 산을 매입하기로 마음을 굳혔다. 이제 남은 인생은 산에 바칠 각오였다. 함께 간 아내는 말이 없었다. 기어이 산으로 들어가겠다면 자기는 도저히 용기가 안 나니 혼자 가라는 말 뿐이었다.

그런데 바로 그 순간 휴대폰이 울렸다. 가까운 분이었다. 그동안 내가 일해 온 분야에서 새로운 자리를 제안하는 내용이었다. 서울의 집으로 돌아오는 차 안에서 만감이 교차했다. 이게 운명인가 싶기도 했다. 그리고 며칠 뒤 나는 그 직책을 맡기로 했다. 그리고 산을 가꾸어 보려던 나의 꿈도 사라져 갔다.

사실 나는 산을 잘 알지도 못하고 육체적인 일에 익숙지도 않다. 등산을 즐기지도 않는다. 그런데도 그냥 산이 좋고 가꿔 보고 싶었다. 좋아하는 일과 잘하는 일이 다른 것이다. 그런데 좋아하는 것과 잘하는 것의 그 불일치가 내 삶에 괴로움을 주기보다는 오히려 긴장과 에너지를 주는 것이 아닌가 생각된다. 잘하는 일을 하면서도 좋아하는 일을 동경하는 것이 삶을 풍요롭게 만드는 것 아닐까.

나는 직업적으로는 그동안 내가 좋아하는 일보다도 비교적 잘하는 일을 택한 셈이다. 그래서 어느 정도 사회적 성취를 이루고 가장으로서의 역할도 무난히 해낼 수 있었다고 생각한다. 직장생활 중에 귀농을 포기한 것도 그래서였을 것이다. 그러나 은퇴 후의 나는 이제 잘하는 일보다 좋아하는 일로 달려가 보고 싶었다. 비록 산 가꾸기는 포기했지만 대신 산자락의 텃밭이라도 일구고 있는 나의 일상이 그 길이 아닐까. 상담 역시 내가 잘해서가 아니라 좋아해서 가고 있는 길이라고 생각한다.

외국어 공부에 빠지다

은퇴 후 나는 외국어 공부를 꽤 열심히 했다. 앞으로 쓸모가 있겠거니 해서가 아니었다. 그래서라면 써먹을 기회가 많은 직장 다닐 때 더 열심히 했을 것이다. 은퇴 후 외국어 공부에 빠진 것은 물론 시간이 남아도는 데다 특별히 할 일이 없었기 때문에 가능했을 것이다. 그러나 굳이 외국어 공부를 택한 데에는 어떤 심리적 요인이 작용하지 않았나 싶다. 나는 직장 생활 내내 외국어에 시달렸다. 그래서 은퇴와 함께 외국어에서 해방되는 기분도 들었지만, 동시에 외국어에 맺힌 한을 풀어야겠다는 심리가 작용한 듯하다.

나는 대학에서 외국 문학을 전공하고 직장에서는 몇 년간 해외 근무도 했다. 언론사 특파원이니 당연히 현지어를 잘해야 했는데 영 만족스럽지가 않았다. 해외 근무를 하는 동안 늘 가슴에 뭔가 맺힌 듯했다. 하루 24시간 나의 감각과 신경은 온통 그 나라 말을 듣고 이해하는 데 집중돼 있어야 했다. 사람들과 이야기할 때는 물론이고, 신문을 보거나 TV를 시청할 때도 알게 모르게 눈과 귀와 온 신경은 긴장 상태였다. 자칫 긴장을 풀면 금방 TV 뉴스에서 무슨 말을 했는지 알 수가 없었다. 그러니 사실 눈을 뜨고 있는 거의 모든 시간은 주위에서 들리는 말과 보는 글자에 의식적으로든 무의식적으로든 신경을 바짝 곤두세우지 않을 수 없었다. 각종 모임에서는 물론이고 버스 안이나 길에서도 주변 사람들이 나누는 이야기를 알

저기 그곳에 내가 서 있네

아들으려면 신경을 집중해야 했다.

이런 생활을 몇 년간 하다가 한국으로 돌아오니 몸과 마음이 날아갈 듯했다. 신경을 곤두세우지 않아도 주위에서 하는 말이 저절로 들어왔다. 다른 사람과 대화를 할 때도 나의 입에서는 말이 저절로 술술 나왔다. 말을 하고 듣느라 신경을 곤두세우지 않아도 되었다. 나의 눈과 귀, 그리고 신경과 뇌는 몇 년간 심한 강박증에 시달리다 한순간 해방된 것이었다. 우리말은 아무 신경을 쓰지 않고 있어도 저절로 나의 귀에 들어오고 머리에 남았다. 모국어라는 것이 얼마나 몸과 하나 된, 체화된 언어인지 실감할 수 있었다.

생각만 해도 지긋지긋한 외국어를 나는 왜 은퇴 후 다시 스스로 자청해서 불러들였을까. 무료 인터넷 강의와 외국어 방송을 하루 2~3시간씩 거의 매일 빠짐없이 들었다. 목표는 한국에서도 시청이 가능한 외국 방송의 뉴스를 이해하고, 외국 여행을 나가면 현지인들과 자유롭게 대화하는 것이었다. 물론 이것이 얼마나 이루기 어려운 수준인지 잘 알고 있었다.

은퇴 후 2년 가까이 계속되던 나의 외국어 공부는 상담학을 공부하기 시작하면서 사실상 중단되었다. 아마도 외국어 공부 자체가 나에게 큰 의미나 즐거움을 주지는 못했기 때문일 것이다. 현역 시절에 부족했던 일에 한풀이처럼 열정을 쏟는 일이 지속성을 갖기는 어려웠다. 그것은 진정한 나의 욕구나 삶의 의미와는 거리가 있었던 듯하다.

강을 걷다

우리 집 근처에는 남한강의 지천이 흐르고 있다. 강바닥 돌들이 검다고 해서 흑천이라고 부른다. 이름과 달리 물이 맑다. 평소 수심은 얕지만 폭이 족히 100m쯤 된다. 강변에는 벚나무가 줄지어 섰다. 풍광은 아름다운데 시골이라 오가는 사람은 별로 없어 산책하기 그만이다.

나는 거의 매일 이 강변을 걸었다. 혈당을 낮추기 위한 목적이 컸지만 그 이상이었다. 나에게 산책은 사색이 되었다. 사색이 없는 산책은 단순한 몸놀림에 불과했다. 거꾸로 산책 없는 사색은 공허한 생각의 유희로 흐르기 일쑤였다. 산책과 사색이 하나 되는 즐거움을 조금씩 알게 됐다. 독일의 칸트가 왜 그렇게 시곗바늘처럼 정확하게 동네 산책을 즐겼는지, 또 괴테가 왜 그렇게 철학자의 길이라는 이름이 붙을 만큼 하이델베르크의 산책길을 즐겼는지 조금은 알 것도 같았다.

산책길 사색은 나의 삶을 조금씩 더 깊이 들여다보는 기회가 됐다. 나를 스쳐 간 사람들, 그리고 아직 내 곁에 머물고 있는 사람들에 대해 이런저런 이해관계를 벗어나 맑은 마음과 눈으로 바라볼 수 있는 시간도 주었다. 나의 삶에 대해 명상을 하는 시간이기도 했다. 외부로부터의 자극이 차단된 채 오롯이 나 자신과의 대화에만 몰입할 수 있었다.

산책길 강변에는 추읍산이라는 꽤 큰 산이 있고 흑천은 그 산을 감싸고 흘렀다. 나는 나 자신과의 대화를 추읍산 산신령과의 대화로 여겼다. 산책

저기 그곳에 내가 서 있네

에 나서면서 "산신령님, 저 왔습니다."라고 인사를 건네기도 했다. 가끔씩 생각지도 못한 아이디어나 통찰력이 불쑥 떠오르거나 나의 힘든 감정을 추스려 주는 위안의 손길을 느낄 때는 정말 산신령이 옆에 있는 듯한 느낌이 들었다. 그 산신령은 아마도 나의 깊숙한 내면에 들어 있는 나의 '자아' 또는 '자기'일 것이다. 그것이 나에게 언뜻언뜻 모습을 보이고 있는 것이라고 여겼다.

길 위에서 길을 찾는가

나는 지금 길 위에 서 있다. 석양에 비친 나의 그림자가 길게 늘어져 있다. 집을 떠나 걸어서 부산으로 가고 있는 중이다. 천 리 길이다. 눈 가는 데까지 곧게 쭉 뻗은 큰길, 강을 따라 아름답게 펼쳐진 강변길, 산허리를 감아 도는 굽이굽이 산길. 각양각색의 길을 걷고 있다. 끝없는 길이지만 같은 길은 없다.

나는 왜 이 길을 걷고 있나. 무엇을 찾아 나선 길인가. 내가 부산까지 걸어가겠다고 하자 주위에서는 극구 만류했다. 나이를 생각하라는 것이었다. 그리고는 "무슨 일 있나?", "무슨 중대 결심 하려고 하나?"라는 질문이 뒤따랐다. 나는 대답할 말이 없었다. 정말 아무 이유가 없었다.

집 근처 강변길을 산책하고 있던 어느 날 불쑥 "부산까지 한번 걸어가 볼까."라는 생각이 스쳐 갔다. 그리고는 며칠 후 배낭을 메고 집을 나섰다. 그뿐이었다. 마음이 심란해서도 아니고, 중요한 결심을 앞두고 있었던 것도 아니다. 굳이 이유를 찾자면 좀 더 긴 산책과 긴 사색이 필요했는지 모르겠다. 장거리 도보 여행을 해 본 적도 없었다. 오죽했으면 길을 떠나면서 청바지 차림에 배낭에 책을 몇 권이나 넣었을까. 하루 종일 걸어 보고서야 청바지가 얼마나 무거운지(특히 비 맞았을 때), 책 한 권이 천 근의 무게라는 사실을 깨달았다. 중간에 시장에 들러 무조건 가장 가벼운 옷차림을 장만하고, 책과 소지품도 처분했다.

저기 그곳에 내가 서 있네

첫날 양평 집을 떠나 10시간 동안 40km 이상을 걸어 여주 시내에 도착했다. 이제 그만 가야겠다고 생각하는 곳에 숙소가 기다리고 있는 게 아니었다. 걷는 길은 주로 강변길인데 식당과 숙소는 도시로 들어가야 찾을 수 있었다. 파김치가 된 몸으로 숙소를 찾아 몇 킬로미터를 더 걷기 일쑤였는데 첫날부터 그랬다. 금세 종아리가 탱탱하게 부어올랐다. 그걸 보고 근육이 생긴 줄 알고 뿌듯해했으니 기가 막힐 노릇이었다.

이튿날은 거의 기다시피 해야 했다. 여주 시내의 횡단보도를 파란 신호등이 바뀔 때까지 다 건너지 못할 지경이었다. 가다가다 정말 쓰러지면 장거리 택시로 귀가할 각오로 버텼다. 큰소리 치고 나온 집으로 하루 만에 돌아가는 것은 자존심이 허락하지 않았다. 그런데 신기하게도 그렇게 절뚝절뚝 걷다 보니 점차 다리의 통증이 사라지고 힘이 살아나는 것 아닌가.

그렇게 18일 동안 걸어서 부산에 도착했다. 가을 태풍 속에 차량도 사람도 뜸해진 백두대간 이화령을 걸어서 넘었다. 가을 햇살에 벼가 익어 가는 상주 들판 길을 여유롭게 지나기도 했고, 지름길인가 싶어 들어선 오솔길이 막다른 길이라 한참을 돌아 나오는 일도 잦았다. 질주하는 차량들 옆으로 인도 없는 국도를 아슬아슬 걸을 때면 정말 내가 왜 이러고 있나 싶었다. 그래도 길가 과수원에서 복숭아를 고르던 아주머니가 흠집 난 복숭아지만 먹고 힘내라고 건넬 때는 정말 힘이 솟았다.

낙동강을 따라 걷다가 늦은 오후 시간에 점심을 먹으러 한 식당에 들렀다. 손님이 거의 없는 식당에서 생선매운탕을 맛있게 먹고 있는데 40~50대로 보이는 여주인이 다가와 "맛있어?"라고 물었다. 반말이었다. 어이가 없었다. 잠시 뜸을 들이고는 "응, 맛있네."라고 나도 반말로 대꾸했다. 그러자 이번에는 "국적이 어디야?"라고 물었다. 어이가 없었지만 "국적? 한국이지 어디야."라고 했더니 고개를 갸웃갸웃하면서 더 이상 말이 없다.

쩜쩜한 기분으로 계산을 하고 나오다 입구에 걸린 거울을 보고서야 모든 게 분명해졌다. 거울에 비친 나의 몰골은 가관이었다. 보름가량 수염을 깎지 않은 데다 가을 햇볕에 그을린 나의 까만 얼굴은 도저히 한국 사람이라고 할 수가 없었다. 게다가 국도를 걸을 때 차량 운전자의 눈에 잘 띄라고 윗옷은 원색의 빨간색이었다. 영락없는 외국 노동자, 그것도 가난한 나라에서 와서 험한 일을 하는 노동자 행색이었다. 국적이 어디냐는 식당 여주인의 질문이 하나도 이상할 게 없었다. 나는 그날 곧바로 수염을 깎고 행색을 가다듬었다. 국적을 회복한 것이다.

그렇게 걷고 걸어서 18일 만에 부산에 도착했다. 도대체 나는 왜 그렇게 죽자고 걸었던 것일까. 종착지에 도착했을 때 드디어 해냈구나 하는 성취감이 없지는 않았다. 그러나 뿌듯하기보다는 그냥 피곤하고 힘들었다. 출발할 때와 마찬가지로 아무 생각이 없었다.

친구들은 나를 놀렸다. 임진왜란 때 일본군이 부산포에 상륙해 한양까지 올라오는 데 보름밖에 걸리지 않았는데 넌 무슨 18일이나 걸렸냐는 것이었다. 당시 왜군은 거의 직선 코스로 쳐올라왔을 것이고 나는 주로 강을 따라 굽이굽이 걸었으니 총거리가 달랐을 것이다. 그보다는 당시 왜군과 나는 목적지에 빨리 도착해야 한다는 다급한 마음에서 큰 차이가 났을 것이다. 나의 국토 종주는 산천 유람이었던 것이다.

그런데 나는 정말 천 리 길을 아무 생각 없이 걸었을까. 아침에 일어나 걷고, 점심 먹고 또 걷고, 저녁 먹고는 쓰러져 자고, 아침에 또 걷고… 18

저기 그곳에 내가 서 있네

일 동안 오직 걷고 또 걷기만 하면서도 정말 아무 생각이 없었을까. 길을 걷다 만난 사람들은 내가 부산까지 걸어간다고 하면 무슨 중요한 결정을 앞두고 있냐고 묻기 일쑤였다. 이혼을 고민하느냐고 묻는 사람도 있었다. 그러나 그때 나에겐 아무것도 결정할 게 없었다. 굳이 있다면 그날그날 어디서 자고 어디서 무얼 먹을 것인가 하는 것뿐이었다.

아마도 그 길은 한없이 나를 비워 내는 여정이었던 것 같다. 그때그때 떠오르는 온갖 상념들이 잠시 마음에 머물렀다 사라지고를 되풀이했다. 길 위에 서면 걸어가야 할 길이 눈길 닿는 데까지 아득하다. 저기까지 어떻게 걸어가나 싶다. 그러나 이런저런 상념에 마음을 맡긴 채 그냥 걷다 보면 어느새 그 아득했던 지점이 발밑에 와 닿는다. 그러고는 또다시 아득한 지점이 눈에 들어온다. 무심코 걷다 보면 저 지점도 곧 발길이 닿겠지. 그렇게 그렇게 되풀이되면서 나아가는 게 나의 삶 아닐까. 내가 애써 찾아야 할 나의 길이 따로 있는 것일까. 이렇게 내 앞에 펼쳐진 길을 걸어가면 그게 나의 길 아닐까. 때론 태풍도 만나고 때론 강가에 핀 야생화에 정신을 빼앗기기도 하면서 나는 뚜벅뚜벅 천 리 길을 걸었다.

그를 만나다

어느 날 나는 우연히 그를 만났다.

'우연히'라는 것은 내가 그를 만났을 때 아무런 의도나 계획이 없었다는 뜻이다. 나의 뜻과는 무관하게 그 만남이 운명적인 것이었는지, 아니면 그 누군가의 뜻이 작용했는지는 알 수가 없었다.

내가 시골 전원생활을 만끽하고 있을 때였다. 텃밭을 갈고, 씨를 뿌리고, 눈에 보일 듯 말 듯 연약하기 그지없는 새싹들이 대지를 뚫고 나오는 장면은 숨이 막힐 지경이었다. 매화, 살구, 복숭아, 대추, 블루베리, 사과…. 온갖 과일나무들은 봄이면 우리 집을 꽃이 만발하는 화원으로, 가을이면 풍성한 과수원으로 만들어 주었다. 봄 여름 가을 겨울, 계절마다 달라지는 대기의 촉감을 느끼며 아침 정원에서 아내와 함께하는 커피 한잔은 행복을 손에 쥐어 주는 듯했다.

매일 집 근처 강변을 산책하다가 걸어서 부산까지 가기도 하고, 패러글라이딩에 몸을 실어 보기도 했다. 산에 가고 싶으면 산으로, 강에 가고 싶으면 강으로 갔다. 하고 싶은 것, 더 늦기 전에 꼭 한번 해 봐야 할 것은 무엇이든 해 보았다. 하기 싫은 일은 하지 않으면 그만이었다. 자고 싶으면 자고, 놀고 싶으면 놀았다. 그 빠듯한 직장, 그 치열한 승부 세계, 그 롤러코스터 같던 성취와 좌절의 시간들, 그 모든 것으로부터 풀려난 나는 이게 낙원인가 싶었다.

저기 그곳에 내가 서 있네

그렇게 행복에 파묻혀 살던 어느 날 그를 만난 것이다. 그게 산책하던 강변에서였는지, 숨을 헐떡이며 오르던 등산길이었는지, 아니면 정원에서 늘어지게 낮잠을 자던 중이었는지는 모르겠다. 그 모든 곳에서였는지도 모른다. 어쨌든 문득 그가 내 눈앞에 나타난 것이다. 그는 저만치 혼자 서 있었다. 너무나 익숙하면서도 왠지 낯선 모습이었다. 나는 그를 외면할 수가 없었다. 그에게서는 뭔가 강렬한 힘이 나를 끌어당기는 듯했다. 그에게 다가가 조심스레 말을 걸어 보았다.

- 누구신지요?

- 나는 당신입니다.

- 그래요? 근데 나 같지가 않네요.

- 당신의 깊은 곳에 있기 때문입니다.

- 나의 깊은 곳인데 내가 몰라요?

- 보지 않으려고 하니까요.

- 보지 않으려고 한다?

나와의 직면은 그렇게 시작됐다. 내가 행복에 겨워, 행복으로 온몸을 치장하고 있을 때 그는 조용히 저만치 떨어진 채 서 있었다. 그게 나의 참모습이었는지도 모른다. 나이가 들고, 직장을 떠나고, 가까운 사람들은 멀어지고, 당뇨와 혈압은 나빠지고, 지금 당장 죽더라도 달라질 게 아무것도 없는 삶. 무엇을 위해 살아야 하는지를 잃어버린 채 어제와 오늘과 내일을 똑같이 되풀이하고 있는 일상. 그러나 그것도 분명 내 삶의 한 모습이었다.

나는 그것을 직시하기 싫어서, 두려워서, 그래서 온갖 즐거움 속으로 나를 몰아넣고 있는지도 몰랐다. 그러나 그 과장된 행복의 몸짓 속에 결핍감도 점차 커지고 있었다. 나의 깊은 곳에서 일어나는 공허와 상실의 바람을 끝내 지워 낼 수는 없었다. 그 바람의 서늘함은 결국 내 심장을 파고 든 것이다. 그것이 나이 듦에서 오는 자연스런 것이고, 피할 수 없는 것이라고 아무리 외쳐도 소용이 없다. 어찌할 것인가. 무엇을 할 것인가. 심리학자 칼 융이 말한, 의식과 무의식을 총괄하는 주체로서의 나의 자기는 어떤 모습이며, 그 자기를 직면하고 실현하는 삶은 어떤 것인가.

위험천만한 오해의 삶

2차 대전 중 아우슈비츠 수용소에서 살아나온 유태인 정신의학자 빅터 프랭클의 《죽음의 수용소에서(원제: Man's Search for Meaning)》를 읽다가 이런 대목을 만났다.

"사람에게 우선적으로 필요한 것은 마음의 안정 혹은 생물학에서 말하는 항상성, 즉 긴장이 없는 상태라고 흔히 말한다. 나는 정신건강에서 이것처럼 위험천만한 오해는 없다고 생각한다."

정신이 번쩍 드는 느낌이었다. 은퇴 후 나의 삶은 말 그대로 안빈낙도였다. 세속의 욕심을 비우고 자연 속에 파묻혀 흘러가는 대로의 일상을 즐기고 있었다. 그게 가능했던 것은 물론 은퇴 후 나의 여러 여건들이 비교적 무난했기 때문일 것이다. 경제적으로 크게 쪼들리지 않고, 자식들은 제 갈 길을 가고 있으며, 건강도 일상생활에 지장을 줄 정도는 아니고, 부부 금슬도 나쁘지 않았다. 마음만 편하게 가지면 얼마든지 편안한 노후 생활을 즐길 수 있었다. 대부분의 사람들이 꿈꾸는 편안하고 느긋하고 여유로운 은퇴의 삶이 아닌가.

그런데도 어느 때부터인가 내 마음속에는 편안함 속에서 무언가 꿈틀대기 시작했다. 그 꿈틀거림은 시간이 갈수록 점차 커졌다. 그러나 그 꿈틀거림의 정확한 정체를 알 수는 없었다. 결핍감? 허무감? 새로운 의욕? 외로움? 소외감? 지겨움? 이 모든 것들의 혼합물?

그러다가 프랭클의 경고문을 만나게 된 것이다. 그는 긴장이 없는 상태가 최선의 삶이라는 생각이야말로 가장 위험천만한 오해라는 것이다. 프랭클이 누구인가. 20대에 이미 오스트리아 빈에서 명성을 날리던 정신과 의사였으나 나치 점령기에 온 가족이 유대인 수용소로 끌려가 인간이 극한상황에서 어떤 모습을 보이다 어떻게 죽어 가는지를 생생하게 지켜본 사람 아닌가.

유대인 수용소에시 끝까지 살아남은 사람은 평균 29명에 한 명 꼴이라고 한다. 그 한 명이 끝까지 살아남을 수 있었던 것은 그 처절한 조건에서도 스스로 살아남아야 할 의미를 찾고 지켜 냈기 때문이라고 프랭클은 말한다. 삶의 의미를 잃는 순간 수용자들은 처참한 모습으로 죽어 갔다. 그 어느 정신과 의사가 수천수만 명을 몇 년 동안 강제수용소에 가둬 놓고 절망적인 환경에서 굶기고 때리고 가혹한 노동을 가하면서 인간이 어떻게 변해 가는지를 실험해 볼 수 있겠는가. 프랭클은 실험이 아니라 실제 상황에서, 자신도 수용자의 처지에서 그런 상황에 처했을 때 인간은 어떤 모습을 보이고 어떤 선택을 하는지를 생생하게 지켜본 것이다. 그 자신이 수용소에서 그렇게 살아남아 그 경험을 토대로 의미치료(로고테라피)라는 심리치료법을 창안해 냈다. 그 어느 실험보다도 더 실증적이라고 말하지 않을 수 없는 것이다. 그런 프랭클이 이렇게 말한다. "인간에게 필요한 것은 어떻게 해서든지 긴장에서 벗어나는 것이 아니라 앞으로 성취해야 할 삶의 잠재적인 의미를 밖으로 불러내는 것이다. 인간에게 필요한 것은 항상성이 아니라 정신적인 역동성이다."

그랬다. 나에게 필요한 것은 프랭클이 말하는 정신적 역동성이었다. 자연의 품에 푹 파묻혀 편안하고 안온한 삶을 즐기며 인생의 아름다움을 구가하는 나의 삶은 '항상성'이 충만하고 긴장이 없는, 누구나 바라는 삶일 수 있다. 그러나 프랭클의 눈에는 그게 위험하기 짝이 없는 삶인 것이다. 나는 삶에 대한 프랭클의 진단과 처방에 대체로 공감했다.

프랭클은 덧붙인다. 삶의 의미가 무엇이냐고, 내가 삶에게 물어서는 안 된다. 반대로 삶이 나에게 묻고 있다는 사실을 깨달아야 한다. 내가 삶에게 의미를 묻는 것이 아니라 삶이 나에게 묻고 있다는 것이다. 나의 삶에 어떤 의미가 주어져 있는지를 묻고 찾을 것이 아니라 내가 나의 삶의 의미를 만들어가야 한다는 말 아니겠는가. 주어진 삶에 몸을 맡기고 그냥 흘러갈 게 아니라 나의 삶을 주도적으로 만들어 가야 하는 것이다. 나의 정신적 역동성을 찾아야 하고 그러기 위해서는 삶의 의미를 만들어 가야 한다. 서정의 세계에서 나와 서사의 세계로 뛰어들어야 한다는 생각이 들었다.

정신분석의 창시자 지그문트 프로이트는 말한다.

"다양한 종류의 사람들을 똑같이 굶주림에 시달리도록 해 보자. 배고픔이라는 절박한 압박이 커짐에 따라 개인의 차이는 모호해지고, 대신 채워지지 않은 욕구를 표현하는 단 하나의 목소리만 나타나게 된다."

그러나 이에 대해 프랭클은 말한다.

"감사하게도 프로이트는 강제수용소 안에서 일어난 일을 몰랐다. 그의 말과는 달리 강제수용소에서 개인적인 차이가 모호해지지 않았다. 오히려 반대로 차이점이 더욱 분명하게 드러났다. 사람들은 가면을 벗고, 돼지와 성자의 두 부류로 나누어졌다."

무엇이 우리를 성자와 돼지로 나누게 될까. 각자의 삶의 의미와 그것을 실현하려는 삶의 태도가 아닐까. 굳이 강제수용소에 들어가 보아야 그것을 확인할 수 있을까.

저기 그곳에 내가 서 있네

상담을 보다

내 삶을 만들어 나가자. 내 삶의 서사를 만들자. 역동성을 잃은 삶은 생명력이 꺼져 가는 삶이다. 뭔가를 추구하고 부닥치고 깨지면서 나아가자. 새 출발점에 서자.

사실 은퇴 후 그때까지 하지 못했던 이런저런 일에 도전하면서 나름대로 자유분방한 일상을 살아온 것도 나의 잠재적인 생명력을 확인해 보고 싶은 욕구의 발로인지도 몰랐다. 패러글라이딩을 하고, 부산까지 걸어가고, 전철에서 떡볶이를 사 먹고…. 젊었을 때도 하지 않던 짓들을 왜 이제 와서 하고 있을까. 연령적으로 사회적으로 나의 생명력이 사그라들고 있다는 무의식적인 위기감의 표출은 아니었던가.

마음 한구석에서 반발도 없지 않았다. 도대체 왜 이래? 지금이 얼마나 편안하고 만족스런 삶인가. 누구나 꿈꾸는 은퇴 후 삶 아닌가. 너무 잘난 척하지 말라. 왜 사서 고생하겠다는 건가. 이렇게 아름다운 삶을 왜 흔들려고 하는가.

이 무렵 나는 상담을 보게 되었다. 보게 되었다는 것은 상담을 경험하거나 만난 것이 아니라 그냥 구경하게 되었다는 것이다. 우연히 책 속에서, TV에서, 유튜브에서 상담에 관한 이야기를 보고 들으면서 관심이 생겼다. 무엇보다 상담학은 인간의 내면을 관찰하고 통찰하고 이해하는 학문이라는 점이 끌렸다. 지금 나에게 필요한 것이 바로 나 자신에 대한 통찰과 이해 아닌가.

평소 철학이나 역사에 관심이 많은 편이었지만 뒤늦게 이런 학문을 본 격적으로 공부해 보기에는 부담스럽고 망설여졌다. 그에 비해 상담학은 철학, 심리학, 교육학, 종교학 등이 두루 어우러진 실용 학문으로 보였다. 공부가 그렇게 어렵게 보이지도 않았다. 물론 이는 상담학의 첫인상이 그 랬다는 것일 뿐 이게 얼마나 큰 착각이었는지를 깨닫는 데는 상담대학원 입학 후 긴 시간이 필요하지 않았다.

어쨌든 나는 앞으로 나의 삶을 제대로 살기 위해서는 무엇보다 먼저 나 자신을 알아야 한다는 사실을 깨달았고 거기에 적합한 공부가 상담학이라 는 나름의 결론을 내렸다. 나의 상담학 입문 동기는 남을 돕기 위해서라기 보다 나 자신을 찾기 위한 것이라고 할 수 있는 것이다. 마침 가까운 지인 중에 상담학 교수가 있어 의논을 해 보았다. 왜 상담학을 하려고 하는지, 지금의 삶에 대해 어떻게 느끼고 있으며, 앞으로 어떤 삶을 살고 싶은지 등등에 관해 나의 이야기를 듣고 난 그는 상담학을 공부해도 되겠다는 OK 사인을 주었다. 상담대학원 입학 준비를 하면서 상담 개론서 중심으로 관 련 책들을 읽기 시작했다. 상담학이 전혀 낯선 상태에서 대학 학부가 아니 라 대학원으로 들어간다는 사실이 부담스러웠다. 하지만 그럴수록 나의 심장은 뛰기 시작했다.

나는 경기도의 한 상담대학원에 입학했다. 나의 선택이 가져온 일상의 변화는 참으로 처절했다. 이름하여 만학도. 젊은 여성들이 대부분인 학과 에서 미운 오리 새끼 같은 존재, 등하교 길은 1박 2일의 장거리, 쏟아지는 과제와 수업 준비에 허덕이는 노쇠한 두뇌, 연금 생활자에겐 가볍지 않은 등록금, 불확실한 미래….

그래도 나는 즐겁다. 대단하다고 하면서도 고개를 갸웃하는 주변 사람들을 보면 웃음이 난다. 너희가 이 맛을 알아? 전철 타고 고속버스 타고 학교로 가는 설렘, 심야 고속버스에 피곤한 몸을 싣는 하굣길의 뿌듯함, 컴퓨터에 서툴러 젊은 학우에게 망신당할 때의 뻘쭘한 유쾌함, 사람의 마음을 다루는 공부의 무궁무진함이 주는 경외감. 나는 꿈을 꾼다. 삶의 의미와 활기를 잃은 사람들에게 꿈을 심어 주는 꿈을 꾼다. 나에게도 꿈을 심는다.

2

나를 찾아 나서다

나를 도구로 삼는 학문

상담대학원 입학 후 처음 얼마 동안 나는 수업 내용과 방식에 상당한 혼란을 겪었다. 대학원을 포함해 학교 교육은 지식을 전달하는 공간이라는 생각에 젖어 있던 나에게 학습자 자신의 내면을 드러낼 것을 강요하는 듯한 수업 방식이 불편했던 것이다. 교수는 지식을 잘 알려 주고 학생은 그것을 잘 수용하는 것이 좋은 교육 아닌가. 학생이 어떤 성격의 소유자인지, 그의 인격과 특성이 어떠한 것인지가 왜 수업에서 중요해져야 하는가.

대학의 1차적 목적은 지식을 전달하고 배양하는 것이지 인격을 키우는 것은 부차적인 것 아닌가. 그런데 상담학 수업은 심한 경우 마치 심성 수련처럼 여겨지기도 했다. 끊임없이 나의 생각과 감정을 드러낼 것을 요구받았다. 수업 시간에 교수의 질문에 즉각 즉각 분명하게 대답해야 하는 것은 기본이었다. 때론 수업 중 명상을 하기도 하고, 매주 일상의 생활에서 경험한 내면의 변화를 경험보고서로 써내는 것이 과제이기도 했다.

내가 지금 학문을 공부하고 있는 것인지 수련을 받고 있는지 헷갈릴 지경이었다. 수업 중 학우들 간 그룹을 지어 하는 토론도 상담학에 관한 이론이 주제가 아니라 각자의 감정을 이야기하는 것이 대부분이었다. 대학원에 와서야 상담학 공부를 하는 나에게 모든 건 낯설었고, 때론 심한 거부감이 생기기도 했다. 비싼 등록금 내고 아까운 시간 들여 이런 공부를 해야 하는가 하는 자괴감이 들기도 했다.

그러나 나는 조금씩 깨달아 가기 시작했다. 이것이 나의 내면을 들여다 보는 훈련이라는 사실을. 그리고 그동안 나는 이런 경험을 해 본 적이 거의 없다는 사실을. 그래서 이런 방식의 수업이 낯설고 거북하다는 사실을. 그리고 이것이 상담 공부의 첫걸음이라는 사실을.

물론 그동안에도 무의식적으로라도 나의 마음속을 들여다보는 일이 없지는 않았을 것이다. 그러나 그건 대개 '내가 왜 이러지?'라는 한마디에 묻히고 말 만큼 얼핏얼핏 지나치는 정도였다. 그러나 대학원에서는 이것이 수업의 일환으로 진행되는 것인 만큼 싫든 좋든 작심하고 나를 들여다보고 분석하지 않을 수 없었다. 그걸 통해 나는 나의 생각과 의식과 감정의 좀 더 깊은 곳을 향해 조금씩 들어가기 시작했다.

이런 작업을 통해 그동안 느끼지 못했던 마음의 움직임을 감지할 수 있었다. 그러나 그것이 구체적으로 어떤 것인지, 나에게 어떤 영향을 주고 있는지는 뚜렷하게 손에 잡히지 않았다. 다만 그동안 잔잔하던 나의 내면이 뭔가 요동치면서 흙바람과 안개가 일어나는 형국이었다. 의식적으로 나의 내면을 들쑤시고 휘저어 놓으면서 어떤 변화가 일고 있음을 감지할 수 있었다. 그러나 그 변화는 어떤 것인지 알 수 없는, 미지의 변화이기에 나의 가슴을 더욱 뛰게 만들었다.

어쨌든 상담학을 처음 공부하는 나에게 첫 학기는 탐색과 모험의 첫걸음이었다고 할 수 있었다. 설렘 못지않게 혼란과 착오도 많았다. 무엇보다 상담학이 무엇인지, 그 본질이 무엇인지도 모르고 상담학의 세계, 그것도 학부가 아닌 대학원 과정에 뛰어들었구나 하는 사실을 뼈저리게 느껴야 했다. 입학 전에 막연히 생각했던, 그리고 개론서 몇 권 정도를 읽고 생각했던 상담학과 실제로 공부한 상담학은 엄청난 차이가 있음을 깨달았다. 상담학이란 학문의 세계가 얼마나 넓고 깊은지, 그 넓이와 깊이를 가늠하기 어렵다는 사실을 느끼게 됐다. 그것은 상담학이란 학문이 인간의 마음, 곧 내면세계를 탐구하고 분석하는 학문이라는 사실만 떠올려도 사실 쉽게 짐작할 수 있는 일이었다. 그러나 나는 우리 생활 주변에서 흔히 접하는 '상담'이라는 단어에서 상담학을 지레짐작하고 수월하게 생각한 것이었다.

이론과 학문에 앞서 상담사 사신이 상남의 노구가 되어야 한다는 사실을 깨달으면서 상담에 대한 나의 눈이 뜨이기 시작했다. 상담자는 끊임없이 자신을 관찰하고 묘사하는 능력을 갈고닦아야 한다. 사람의 마음이라는 게 외부에 존재하는 게 아니고, 엑스레이나 MRI로 찍어 볼 수도 없으며, 다른 사람의 마음속에 들어가 볼 수도 없다. 그러니 사람의 마음을 탐구하려면 상담자 자신의 마음을 정밀하고 예민하게 관찰하고 분석해 보는 수밖에 없을 것이다. 타인의 마음을 다루고 공감하려면 우선 자신의 마음이 작동하는 방식을 알아야 하지 않을까.

저기 그곳에 내가 서 있네

m와 mm의 자(尺)

나는 평소 나 자신의 감정을 느끼고 표현하는 데 상당히 둔하다고 생각한다. 그렇다고 성격이 무난하고 둥글둥글하다는 이야기는 아니다. 겉으로 잘 드러내지는 않지만 성격은 세심하고 까칠한 편이다. 그런데 감정은 그리 섬세하거나 예민하지 않은 듯하다.

가령 클래식 음악을 들을 때 나의 느낌은 대개 몇 가지로 크게 나뉜다. 베토벤 심포니를 들으면 그저 "웅장하네." 모차르트 협주곡을 들으면 "감미롭네." 차이코프스키를 들으면 "좀 비장하네." 뭐 이런 식이다. 음악 종류에 따라 더 이상 감정이 세분되고 미묘하게 마음을 파고들지를 않는 듯하다. 느낌이 세밀하지 않은지, 느낌은 있지만 묘사를 못하는 것인지는 잘 모르겠지만 묘사할 수 없는 느낌은 없는 것과 크게 다르지 않을 것이다. 깊은 슬픔이나 터질 듯한 기쁨을 느껴 본 기억이 아득하고, 그런 적이 있었는지도 잘 모르겠다. 요즘은 영화나 드라마를 보면 주책없이 눈물이 날 때가 많지만 정말 감정이 움직인 것인지, 그냥 나이 탓인지 구별이 되지 않는다. 어쨌든 나의 감성 폭은 넓지 않다는 것이 나의 생각이었다.

상담 공부를 막 시작하면서 인간중심상담이론의 창시자인 칼 로저스의 책 《진정한 사람되기》를 읽다가 인간의 변화 과정을 7단계로 나누어 놓은 걸 보았다. 로저스는 인간을 고정성과 유동성을 갖고 끊임없이 변화해 가는 유기체적 존재로 파악하면서 인간의 변화 과정을 '고정'에서 '흐름'까지의 연속적인 단계로 나누었다. 여기서 1단계 사람은 변화의 욕구가 없으며 자신과 의사소통을 하지 않은 채 오직 외부와 소통할 뿐이라고 한다. 자신은 아무 문제가 없으며 혹시 문제가 있다 하더라도 그것은 전적으로 외부에 기인한 것으로 인식한다. 이런 사람은 "나는 아무 문제 없어. 심리적 갈등도 없고 정신이 건강해."라면서 상담 같은 건 아예 받을 필요가 없다고 여긴다. 이런 사람은 자신의 내면을 들여다본 경험이 거의 없고 자신과의 내화도 해 본 석이 없다고 했다. 소통과 변화의 정반대인 정체와 고정으로 표현할 수 있는 사람인 것이다.

이 부분을 읽으며 "아, 이건 나인데."라는 생각이 들었다. 잘 봐주어야 나는 이보다 조금, 아주 조금 나은 정도일 것이다. 자기 자신을 잘 모른다는 것은 결국 자신의 감정, 정서, 느낌을 잘 모른다는 이야기일 것이다. 자기의 내면을 살필 줄도 모르는 사람이 타인의 마음을 어떻게 읽고 공감하고 상담을 하겠다는 것인가.

어쨌든, 그랬는데 상담 면접 수업 시간에 교수님이 던진 한마디가 가슴에 와닿았다.

"(어떤 사물의 변화를 잴 때) m 단위로 된 자로 측정하면 아무런 변화를 감지할 수 없지만 mm 단위의 자로 재면 많은 변화가 확인될 것이다."

아, 그렇구나. 나는 나의 감정을, 감정의 변화를 그동안 m의 자로 재고 있었구나. 그러니 m 단위보다 작은 나의 감정은, 감정의 변화는 그 헐거운 그물을 다 빠져나가 버리고 큰 놈만 걸렸구나. 나의 자를 바꾸자. mm 단위의 촘촘한 자와 그물로 바꾸자. 나의 감정을, 기분을, 그 변화를 세밀한 눈과 촉감으로 느껴 보자. 어떨 때 나는 진정으로 슬퍼하고 기뻐하고 분노

저기 그곳에 내가 서 있네

하는지, 그 감정을 mm 단위로 느끼고 묘사해 보자. 나의 감정의 역동적 구조를 느끼지 못하면서 다른 사람의 깊은 내면을 어떻게 짐작이나 할 수 있겠는가. 그렇다. 상담은 나 자신과의 섬세한 소통이고 대화이다.

지하 동굴에서 들려오는 소리

지하 수십 미터 또는 수백 미터 동굴 속에 누군가 혼자 갇혀 있다고 상상해 보자. 그는 끊임없이 위를 향해 "거기 누구 없어요?" "여기 사람이 있어요. 살려 주세요."라고 외칠 것이다. 간절한 희망을 담아 모스부호를 두드리기도 할 것이다. 그러나 시간이 흐르면서 그는 힘이 빠지고 정신도 혼미해진다. 모든 것이 끝나 가고 있다는 절망감에 빠진다.

그 순간, 위에서 희미한 소리가 들린다.

"거기 누구 있어요?"

이때 동굴 속 사람은 어떤 심정일까. "아, 이제 살았다."고 외칠 것이다. 눈물이 쏟아질 것이다. 절망적인 상태에서 자신의 외침을 누군가가 들어 주었다는 사실만으로도 그는 구원을 받은 느낌일 것이다.

인간중심상담이론의 창시자인 칼 로저스는 "오늘날 수많은 사람들이 혼자만의 감옥에 갇혀서 살고 있다."고 말한다. 그 감옥은 아마도 대부분 스스로가 만든 감옥일 것이다. 그것이 감옥이 된 것은 먹고 입을 것이 없어서가 아니라 의사소통이 없기 때문이다. 타인과는 물론이고 자기 자신과의 소통마저 단절된 채 독방에 갇혀 있는지도 모른다. 그러나 이들은 밖으로는 멀쩡한 것처럼 행세하고 죄수의 모습은 전혀 보이지 않는다.

상담의 이론이나 수련에서 기초 중의 기초는 경청이다. 말 그대로 상대방의 말을 귀 기울여 듣는 것이다. 쉬워 보인다. 그러나 상담을 배우면 배

저기 그곳에 내가 서 있네

울수록 이것만큼 어려운 게 없다고 나는 생각한다.

경청의 깊이와 폭은 끝이 없다는 느낌이다. 경청이 없이는 상대에 대한 공감이나 무조건적 수용 등은 불가능하다. 상대의 말을 들으면서 "네, 그렇군요."라며 고개를 끄덕이는 것을 경청이라고 할 수는 없다. 경청은 가만히 귀 기울여 듣는 수동적 자세가 아니라 상대의 마음속에 들어가는 능동적 태도라고 해야 할 것이다. 내가 진정으로 경청하고 있으면 상대도 내가 경청하고 있다는 사실을 느끼게 되고 거기서 진정한 공감과 신뢰가 형성된다고 한다. 경청이야말로 상담의 시작이자 끝이라고 생각한다.

나는 아직 진정한 경청의 맛을 느끼지도 주지도 못했다고 생각한다. 내가 상담을 공부하는 내내, 아니 살아 있는 동안에라도 경청의 그 높고 깊은 경지에 도달해 보고 싶다. 나의 마음의 안테나를 섬세하고 예민하게 갈고닦아 언제나 다른 사람의 이야기에, 그리고 나의 내면의 이야기에 열어 두고 싶다. 얼핏 지나가는 듯한 말과 표정 속 아래 깊이 파묻혀 있는 인간적 절규를 듣고 싶다. 지하 동굴에서 들려오는 타인과 나의 희미한 외침을 놓치지 않기 위해서.

감자 한 개도 저러는데

텃밭 농사로 수확한 감자나 고구마를 창고에 둔 채로 겨울을 나는 경우가 없지 않다. 식구가 적다 보니 다 먹지를 못하고 남아서 방치해 둔 것이다. 봄이 되어 새 농사를 준비하러 창고에 들어가 이 버려진 감자와 고구마를 보면 미안한 마음이 들지 않을 수 없다. 맛있게 먹어 주거나 아니면 다른 사람에게 주기라도 해야 하는데 그냥 썩어 문드러지게 했으니 말이다.

감자는 대개 이른 봄에 씨감자를 심는 첫 작물이다. 겨울이 물러가면 얼른 밭을 갈고 씨감자를 다듬어 하나씩 심은 뒤 싹이 돋아나고 하얀 꽃이 피면 반갑기 그지없다. 텃밭에 피는 첫 꽃이다. 그리고는 한 포기에 한 무더기씩 믿음직한 감자를 수확할 때는 기쁨과 뿌듯함이 한 마음이다.

그런데 이 감자가 겨우내 창고에서 방치되고 썩어 갔으니 내 마음이 어떻겠는가. 더구나 이 감자에서 씨눈이 트고 싹이 자라 있는 모습을 보면 정말 살아 있는 그 무엇을 보는 것 같아 애처롭기 그지없었다.

그런데 나는 상담학을 공부하다 책 속에서 이 감자를 다시 만나게 되었다. 책 속의 감자는 정말 살아 있는 유기체로서 나에게 깊은 감동을 주었다. 로저스의 저서 《사람-중심상담》에는 이런 대목이 나온다.

"어린 시절 겨울 동안 먹을 감자를 상자에 넣어 지하실의 작은 창고 바닥에 놓아두었던 기억이 난다. 환경이 열악했지만 건강한 초록색과는 달라도 창백한 흰색 싹이 돋아나기 시작하곤 했다. 이 슬프고 허약한 싹들도 멀리 창문을 통해 들어오는 빛을 향하여 키가 2피트, 3피트씩 자라곤 했다. 그 싹들은 결코 성숙하지 못했다. 그러나 그들은 최악의 상황에서도 분투했다. 생명이란 번성하지 못한다 하더라도 포기하려 하지는 않는다. 이것이 (생명이 갖는) 필사적인 지향 성향이다."

감자가 이러할진대 하물며 사람은 어떠하겠는가. 식물이든 동물이든 사람이든 세상에 생명 있는 모든 존재는 자신이 본래 갖고 태어난 잠재력을 실현하기 위해 필사적으로 분투한다는 것이 인간중심 접근법의 바탕이 된다. 그 잠재력이 완전히 실현되지 못하는 것은 환경이 여의치 못하기 때문이다. 창고 속 감자가 햇빛과 공기와 흙이 부족했듯이.

로저스는 다시 말한다.

"인생이 끔찍하게 뒤틀린 채 주립병원의 수용시설에 있는 남자와 여자들을 만날 때 나는 자주 그 감자 싹이 생각난다. 그들이 자라 온 환경이 너무 열악해서 삶이 뒤틀리고 비정상적이며 거의 사람이라고 할 수 없을 정도까지 되었더라도 그들 안에 지향 성향이 있다는 것은 믿을 수 있다. 그들의 행동을 이해하는 비결은 그들이 살기 위하여 그리고 성장하기 위하여 분투하기는 했으나 그들이 쓸 수 있었던 방법을 가지고 싸울 수밖에 없었을 뿐이었다고 이해하는 것이다. 건강한 사람들에게는 그들이 싸워 온 결과가 괴이하고 무모하게 보이겠지만 그것은 생명의 생명이 되기 위한 필사적인 시도였다."

그렇다고 해서 사람의 본성은 무조건 착한 것이고 잘못된 것은 모두 환경과 조건 탓이라고 로저스는 말하지 않는다. 다만 누군가를 올바른 사람으로 수용해 줄 때 그는 긍정적이고 건설적이며 성숙을 향해 성장하는 방향으로 나아가는 경향이 있다는 것이다. 어두컴컴한 창고 안에서도 감자에서 돋아 나오는 가냘픈 흰색 줄기가 그것을 웅변하고 있다. 살아 있는 물체 안에는 자기 자신을 완성시키려는 타고난 힘이 있다는 가정이 없이는 성장의 신비를 설명할 수 없다고 한다. 사람 안에는 사람만 있을 뿐이다. 사람 안에 짐승은 없다고 로저스는 말한다.

저기 그곳에 내가 서 있네

내 삶의 가로등

 그날의 수업은 캠퍼스 투어로 시작됐다. 가을 해 질 녘 캠퍼스를 한 바퀴 돌면서 마음에 들어오는 장면을 휴대폰 카메라에 담아 그것을 글로 쓰는 것이었다. '지금 여기'의 나를 '있는 그대로' 느껴 보고 서술해 보라는 취지로 여겨졌다.

 강의실로 돌아와 카메라를 열어 보니 4장의 사진이 담겨 있다.

 1) 나뭇잎 몇 장이 달랑 달린 앙상한 나뭇가지.

 2) 보도에 나뒹구는 회색의 커다란 낙엽들.

 3) 멀리 우뚝 솟아 있는 도서관의 시계탑.

 4) 나뭇잎들에 가려 있으면서도 환한 빛을 발산하는 가로등.

 가만히 사진들을 들여다본다. 이들이 나에게 무슨 의미로 다가왔길래 이들에 카메라 앵글을 맞춘 것일까. 뚜렷한 감정이나 분명한 의미가 떠오르지는 않는다. 그냥 눈길 가는 대로 찍은 것인가? 그래도 뭔가 끌리는 데가 있으니 카메라 셔터를 누른 게 아닐까? 무의식의 작용인가?

 생각의 순서가 바뀌기 시작했다. 무슨 감정과 생각으로 이 사진들을 찍었는지 알아내려고 끙끙댈 것이 아니라, 찍혀진 사진들을 보면서 지금 무슨 생각이 떠오르는지 탐색해 보자. 그래, 그게 훨씬 쉽지.

 캠퍼스의 앙상한 나뭇가지와 보도에 나뒹구는 낙엽들을 찬찬히 바라보고 있자니, 나의 현재 대학 생활이 오버랩된다. 늦은 나이에 대학을 다니느라 고군분투하고 있는 모습. 먼 거리를, 1박 2일에 걸친 등하교 길을 오가는 나의 처지가, 마지막 그 무엇을 놓지 못해 안간힘을 쓰고 있는, 저 앙상한 나뭇가지처럼 처절한 것인가. 젊은, 그것도 20명 중 18명이 여성인 학우들 사이에 끼인 나는 백조 가족의 오리 한 마리인가. 캠퍼스 투어 중에도 무리에 끼이지 못한 채 혼자 이렇게 거리의 낙엽처럼 우두커니 쭈뼛대고 있는 것은 아닌가. 지금 이 나이에 공부하고 학위를 딴들 거기서 보람과 성과를 얻을 수 있는 시간이 나에게 얼마나 남은 것일까.

저 멀리 도서관의 시계탑은 나에게 희망과 위안을 상징하는 것일까. 도서관에 들어가지 않은 채 멀리서 시계탑을 바라보기만 하는 나는, 치열한 학문의 현장과는 일정한 거리를 둔 채 그저 막연히 학문의 세계를 동경하면서 그걸 적당히 즐기려는 것은 아닐까. 나에게 남은 시간의 짧음을 한탄하면서 왜 더욱 치열하게 그 시간과 맞서지 않는 것일까.

불쑥 50년의 시간을 건너뛰어 젊은 시절의 대학 캠퍼스가 소환된다. 그때를 생각하면 언제나, 지금도 가슴이 아려 온다. 분노와 허탈과 무기력과 방종이 지배하던 그 캠퍼스. 내 청춘의 캠퍼스는 불만과 좌절, 술과 방황으로 점철된 한 편의 허무한 삽화 같은 것이었다. 그 세월을 건너뛰어 나는 지금 평온과 조용한 들뜸이 있는 캠퍼스를 거닐고 있다.

가로등이 환하게 빛나고 있다. 사진 속 가로등의 밝은 불빛은 주위의 물체들을 더욱 어둠 속으로 몰아넣고 있다. 그래서 가로등의 불빛은 더욱 빛나 보이는 것일까. 그래, 나는 나의 가로등 하나를 가슴에 품고 있다. 그것이 무엇인지 뚜렷하게 손에 잡히지는 않지만 그것이 뿜어 주는 밝은 빛은 내 주위의 자잘한 어둠들을 몰아내고 나를 지금의 길로 이끌고 있다. 이

저기 그곳에 내가 서 있네

나이에, 이 공간적 거리에, 이 외톨이 같은 분위기에서도 내가 만학의 길을 가고 있는 것은 내 속에 가로등 하나가 빛나고 있기 때문이리라.

연구의 출발선에서

대학원 강의에서 연구방법론을 처음 만나던 날 나는 설렜다. 이름부터가 만만치 않게 보였지만 드디어 만날 놈을 만난다는 느낌이었다. 그래, 대학원 공부라면 이름부터 이 정도 무게감은 있어야지. 대학원이라면 학문하는 곳 아닌가. 또 학문하면 연구 아닌가. 명색이 대학원을 다닌다면, 학문이니 연구니 이런 말과 분위기에 한 번쯤은 젖어 보고 이놈들과 한판붙어 봐야 하지 않겠는가. 나에겐 이게 얼마 만에 다시 찾은 캠퍼스인가. 내가 다니던 청춘의 대학 캠퍼스, 그리고 잠시 직장과 병행했던 대학원은 학문이나 연구와는 너무나 머나먼 곳이었다.

직장을 다니면서 업무와 관련 있는 분야의 대학원 석사 과정에 입학했지만 어영부영 1년을 다니다 그만둬 버렸다. 나의 게으름이 가장 큰 이유였지만, 학문 연구와는 거리가 먼, 직장인들의 잡담장 같은 수업 분위기가 견디기 어려웠다. 그때 연구방법론이라는 강의가 있었는지조차 기억나지 않는다.

수십 년 전 나의 대학 시절은 더 말할 것도 없었다. 날이면 날마다 데모와 휴강이 되풀이됐다. 캠퍼스 안에까지 사복 경찰이 상주하던 시절이었다. 나와 그리고 우리는 낮에는 경찰을 피해, 또 교수님들 눈길을 피해 이리저리 구석진 곳을 찾아 토론이라는 이름으로 울분을 토하고, 밤이면 막걸리 집으로 자리를 옮겨 다녔다. 그러니 학문이니 연구니 하는 사치품이 우리에게 어울리기나 할 것인가.

나의 대학 졸업논문은 독후감 수준도 못 되는 것이었다. 대학 4년 동안 강의도 제대로 못 들었지만 그래도 졸업논문 하나만은 잘 써 보겠노라고 다짐했지만, 그해는 엄청난 정치적 격동으로 아예 대학의 문이 잠긴 채 기나긴 휴교의 시간을 보내야 했다. 졸업생들에 대한 논문 지도나 논문 심사는 아예 사라져 버렸다. 나의 논문 준비 계획도 허공에 흩어져 버렸다. 논문 제출 마감 직전에야 분량만 채운 논문을 제출했다. 참고 문헌 하나 제대로 살펴본 게 없었다. 그게 내가 평생에 써 본 유일한 '논문'이었다. 대학 시절을 떠올리면 어김없이 되살아나는 아픔이고 부끄러움이다.

그 논문의 기억이 이제 수십 년의 시간을 건너 '연구방법론'이라는 이름으로 나에게 다가온 것이다. 나에게 연구방법은 곧 '논문 쓰는 방법'이었다. 그래, 이제야 논문, 너를 제대로 만나게 되었구나. 너를 제대로 알게 되었구나. 반가웠고 회한이 일었다. 이제 한번 제대로 해 보자. 정말 마지막 기회 아닌가.

연구방법론은 의외로 친근하게 다가왔다. 무엇보다 상담 분야에서 연구가 갖는 의미와 역할을 뚜렷하게 인식하고 나니 공부할 의욕이 강해졌다. 연구방법론 강의 첫 시간에, 교재의 도입부에서 만난 한 구절은 나에게 상담에서 왜 연구방법론이 필요한지를 일깨워 주는 촌철의 경구였다.

"상담 실무자가 자신의 심리 치료가 어디로 향하고 있는지 명확하지 않다면, 언제 (어디에) 도달했는지, 심지어 어떤 곳이라도 도달한 적이 있는지 어떻게 알 수 있겠는가."

상담이 연구와 검증에 의해 적절히 측정되고 평가되지 않는다면, 우리는 상담이 나아갈 방향을 어떻게 정할 것이며, 그 상담이 어디까지 왔는지, 제대로 가고는 있는지, 아니면 길을 잘못 든 것은 아닌지, 목적지에 도달했는지 아닌지 등등을 어떻게 알 수 있단 말인가. 상담에 관한 다양한 이론과 지식, 각종 검사와 측정 도구를 생산해 내지는 못할망정 그걸 이해하고 사용할 수는 있어야 하지 않겠는가. 연구를 하지는 못하더라도 최소한 연구 결과물에 대한 이해는 할 수 있어야 하고, 그러기 위해서라도 연구방법론 공부가 필요하다는 이야기 아닌가.

도대체 연구란 무엇인가에 대한 간결하고 흥미로운 해답도, 이제 막 연구방법의 먼 길을 떠나는 초보자에게 기대감을 부추겼다.

"흥미로운 현상에 대한 이해를 높이고자 순차적으로 정보를 수집, 분석, 해석하는 체계적인 탐구."

내가 흥미를 가진 문제를 일정한 규칙에 따라 파고들어 해답을 구하는 것이 연구라는 것이다. 그 규칙이 연구방법이라는 것이다. 이렇게 연구는 무엇이고, 왜 해야 하며, 어떻게 해야 하는지에 대한 근본적인 인식을 갖추고 나니, 연구방법론이 한결 가깝게 느껴졌다. 여행자가 먼 길을 떠날 때 분명한 목적지와 방향을 알고 있다면 출발의 발걸음이 한결 가벼워지는 것과 같은 것일까.

나름 의기양양하게 출발했지만 역시 연구방법론은 만만한 대상이 아니었다. 매주 주어지는 과제도 만만치 않았다. 그때그때 진도에 맞춰 교재의 해당 단원을 밑줄을 그어 가며 세 번씩 읽고 요약문을 내라는 것이었다. 이게 무슨 중고등학교 학생한테나 시킬 숙제이지 하는 생각도 들었지만, '그래, 나의 연구방법론 실력은 중고등학생 수준도 안 되지.'라고 인정하지 않을 수 없었다.

각 연구방법론을 적용한 논문을 읽고, 요약하고, 리뷰하는 과제는 숨을 헐떡이게 했다. 그러면서 질적 연구의 지평을 만나고 그 속에서 현상학적 연구와 내러티브 연구 등을 익혔다.

상담대학원의 수업들 중에는 왠지 수련을 받는다는 느낌을 주는 게 적지 않지만 연구방법론 수업은 이론과 학문적 성격이 강했다. 수십 년 만에 다시 캠퍼스를 찾은 나는 학문적 분위기에 갈증을 느끼고 있었던 것 같다. 청춘의 시기에 미처 채우지 못한 학문적 갈증을 뒤늦게나마 채우고 싶었는지도 모르겠다. 젊을 때의 공부는 사회 진출을 위한 도구로 필수품처럼 여겨져 싫으나 좋으나 할 수밖에 없었겠지만 은퇴 후의 공부는 공부 자체를 좋아하지 않으면 할 필요도 없고 할 수도 없을 것이다.

밤 깊어 가는 대학원 강의실에서, 집 안 컴퓨터 앞에서, 혹은 집 근처 강변을 걸으며 나는 연구방법론과 티격태격 싸우고 때론 함께 웃어 가면서 상담 공부에 재미를 붙였다. 노쇠해 가는 두뇌와 기억력이 감당하기 힘들기도 했지만 그 힘듦마저 유쾌하게 받아들이는 나의 모습도 분명하게 보였다. 공부를 사회적 성공의 수단으로서가 아니라, 공부 자체로 느끼게 된 것이다. 굳이 좋은 성적을 받을 이유도 없었다. 공부의 껍데기를 벗겨 내고 그 속에 든 재미와 맛을 알게 된 것이다.

바보야, 문제는 공감이야

"저는 다른 사람과 대화할 때면 제 감정에 매몰돼 대화가 잘 안 돼요. 눈물이 나고 몸이 떨릴 때도 있어요. 내가 감정이 북받치는 모습을 보고 상대방도 대화하기 힘들어하는 것 같아 그게 또 힘들어요. 제 감정을 좀 컨트롤할 수 있으면 좋겠어요."

상담 기초 실습 시간에 한 학우가 자신의 문제를 상담 주제로 공개했다. 강의실 앞 스크린에 그 내용이 띄워졌다. 이걸 보고 상담자로서 어떤 말로 상담을 시작하겠느냐고 교수님은 물었다. 맨 앞자리에 앉은 내가 첫 번째로 지명됐다. 오래 생각할 겨를도 없이 대답을 해야 했고, 내 입에서도 술술 말이 쏟아져 나왔다.

"감정이 북받치는 상황을 좀 더 구체적으로 설명해 주실 수 있을까요?"

"누구와 이야기할 때 특히 그런가요?"

"어떤 이야기를 할 때 심한가요?"

"직장에서 이야기할 때도 그런가요?"

나의 질문이 끝없이 이어질 기세임을 알아차린 듯 교수님이 제지했다.

"질문하기를 하시는군요."

"아, 질문이라기보다는 내담자의 상태를 좀 더 구체적으로 알아야겠다는 생각에서…."

"네, 그다음 분."

저기 그곳에 내가 서 있네

나는 막연히 "아, 이게 아닌가." 하는 느낌이 들었다.

곧바로 뒤에 앉은 학우가 대답했다.

"다른 사람과 대화할 때 먼저 감정이 북받쳐서 대화가 어렵고 그 때문에 힘들어하시는군요. 정말 힘드시겠어요."

순간, 나는 망치로 머리를 한 대 꽝 맞은 것처럼 정신이 번쩍 들었다.

'아, 그렇다. 이거다.'

우선은 내담자의 이야기를 경청하고 공감과 이해를 해야 하는 것 아닌가. 상담자가 공감하고 있다는 사실을 내담자가 느낄 수 있도록 해야 하는 것 아닌가. 이것은 그날 수업에서 실습 직전에 내가 교재를 요약해서 발표한 내용의 핵심이기도 했다. 나는 발표를 마무리하면서 "상담의 면담법은 책으로 보면 쉽게 이해할 수 있고 고개가 끄덕여진다. 그러나 상담 현장에서 이를 자연스럽게 실천하기는 정말 어렵겠다는 점을 느꼈다."고 했다.

그런데 그로부터 불과 몇십 분도 지나지 않아 나는 내 발표에서 금기시해야 한다고 했던 행동을 실습 현장에서 그대로 보여 주고 말았다. 상담자 자신의 궁금증을 해소하기 위한 질문이나 연달아 물어 대는 질문 공세 등은 절대 피해야 할 사항이라고 교재에는 적시돼 있었고 나도 그 부분을 강조해서 발표했다. 그런데 실제 상담에서는 처음부터 대뜸 질문공세를 퍼붓고 있었던 것이다. 아, 이 막막함. 묻는 걸 업으로 하는 기자라는 나의 전직은 어찌할 수 없는 것인가 하는 절망감마저 들었다.

나대로의 생각은 물론 있었다. 내담자의 상태를 구체적으로 파악해 빨리 해결책을 제시하고 싶었던 것이다. 그러나 상담자의 성급함이나 과욕도 매우 조심해야 할 사항으로 손꼽힌다는 사실을 나는 잘 알고 있었다.

그런데 막상 상담 장면에서는 머리로 배운 이론은 온데간데없고, 나의 천성이랄까 체질 같은 것이 불쑥 나오고 마는 것을 생생하게 체험한 것이다.

나는 평소 내가 타인과의 공감 능력이 부족하다는 점을 많이 느끼고 있다. 그러나 이것도 그저 막연한 생각일 뿐 정말 나의 공감 능력 부족을 뼈저리게 느낀 적은 별로 없는 것 같다. 그런데 이날 수업의 이 장면은 나에게 정말 뼈저린 순간이었다. 내가 정말 상담자가 될 수 있을까 하는 회의까지 들었다. 그러면서도 한편으로는 나의 이런 특징을 통찰해 냈다는 짜릿함을 느끼기도 했다.

"그래, 이거야. 네가 진짜 알아야 할 걸 제대로 알게 된 거라구."

가만히 생각해 보면 평소 나의 일상 대화에서도 상대방에게 질문이 많은 것 같았다. 상대의 이야기가 주저리주저리 이어지면 "결론이 뭔데?"라는 대꾸가 입에서 튀어 나가는 경우도 적지 않다.

상담자가 되려면 이제 정말 나를 변화시켜야 한다. 공감 능력을 키워야 한다. 우선은 상대의 이야기를 잘 들어 주고 중간에 끊지 않는 버릇부터 들여야 한다. 일부러라도 "아, 그랬구나.", "힘들겠네.", "그래도 대단하다.", "마음 편히 이야기해 봐.", "나라도 그랬겠다." 등등의 말을 입에 달고 살아야겠다. 상담자가 될 생각이라면, 아니 상담자는 못 되어도 주변 사람과 그런대로 어울려 살기 위해서라도 그래야 한다.

"바보야, 문제는 공감이라구."

저기 그곳에 내가 서 있네

선생님 얼굴이 빨개졌네요

"놀라거나 다급하여 어찌할 바를 모름."

'당황'에 대한 국어사전의 설명이다.

나는 어릴 때 남들 앞에 서면 얼굴이 빨개지곤 했다. 얼굴이 빨개진다는 사실이 부끄러워 더욱 얼굴이 빨개지는 것 같았다. 그것은 당황해서라기 보다는 수줍음 때문이었는지도 모르겠다. 그러나 선생님이 갑자기 나보고 앞으로 나오라고 하면 얼굴이 더욱 빨개졌던 걸 보면 당황 탓도 컸던 것 같다.

어쨌든 나는 얼굴이 빨개지는 것이 겁이 많고 용기가 없기 때문이라고 생각해 더욱 부끄럽고 당황스러웠다. 그런데 커 가면서 언제부터인가 나의 얼굴이 잘 빨개진다는 사실을 잊게 되었다. 실제로 빨개지지 않은 것인지, 의식을 하지 않게 된 것인지는 모르겠지만 아무튼 나는 더 이상 '얼굴 잘 빨개지는 소심한 소년'이 아니었다.

상담 실습에서 다루어지는 주요 상황 중 하나는 상담자의 당황이다. 상담자가 내담자 앞에서 당황한 경우 어떻게 대처해야 하는지가 관건이다. 당황이라는 단어를 대하면서 나는 아득한 옛날, 얼굴 잘 빨개지던 그 소년이 떠올랐다. 그리고 그때는 그토록 부끄럽고 싫던 나의 빨간 얼굴이 그리운 추억으로 다가왔다.

요즘 내 얼굴이 빨개진 적이 있던가. 어른이 되면서 어떤 경우에도 당황

하지 않는 사람이 되었나. 그렇게 내면이 강해진 것일까. 아마도 아닐 것이다. 그보다는 나의 감정을 잘 드러내지 않고 필요할 땐 숨길 수도 있을 만큼 그렇게 세상에 단련된 것일 게다. 그러면서 나의 감정을 느끼고 표현하는 데도 둔해져 버린 것이겠지.

문득 얼굴 잘 빨개지던 그 소년이 그립다. 언젠가 상담자가 되어 내담자 앞에 선 내가 당황할 때면 얼굴이 빨개졌으면 좋겠다. 그래서 내담자가 "선생님 일굴이 빨개졌네요."라고 말해 주면 왠지 즐거울 것 같다. 시골 소년의 순수함으로 돌아간 기분일 것이다. 그런 마음으로 상담을 하고 싶다. 비록 얼굴 잘 빨개지는 서툰 상담자라는 소리를 들을지라도.

이게 상담거리가 돼?

한 중학교 3학년 학생이 상담소를 찾았다. "친한 친구하고 싸우고 사이가 틀어졌는데 힘들어요. 어찌하면 좋을까요."가 주호소 문제였다. 이 학생과 상담자가 주고받은 대화 내용을 정리한 축어록이 교재에 실려 있었다. 이걸 보고 학과 학우들끼리 토론해 보는 것이 이날의 수업이었다.

우선 축어록을 한 문장 한 문장 꼼꼼히 읽어 가면서 상담 전반을 이해하고, 내담 학생의 마음을 읽어 보려고 애썼다. 그러나 10여 페이지에 달하는 축어록을 끝까지 다 읽고 나서 나의 머리에 남은 생각은 이랬다.

"이게 상담거리가 돼?"

내가 보기에 중학교 남학생 친구들 사이에 흔히 있을 수 있는 다툼이었다. 이런 다툼은 오히려 이들이 건강하게 성장하고 있다는 표시로 여겨지기도 했다.

참 상담이라는 게 무언지. 그냥 머리 한 대 쥐어박으면서 "치고 박고 싸우든지 말든지 둘이 나가서 해결해." 내 생각엔 아무래도 이 이상의 처방은 없을 것 같았다.

사춘기 남자 아이들끼리 때론 싸우고 그러다 서로 화해하고 그렇게 자라는 것이 당연하고 건강한 것 아닌가. 이런 걸 상담거리라고 돈 주고 시간 내서, 그것도 고교 입학 연합고사를 코앞에 둔 시기에 상담소를 찾은 아이나(아마도 부모나 학교가 보냈겠지만), 그리고 이런 꼬마를 앞에 두고 인간 심리 운운을 떠올리지 않을 수 없는 상담자나, 솔직히 너무 한가한 일이라는 생각이 들었다. 이런 일까지 신경 써 주는 부모나 학교, 그리고 우리 사회의 배려가 중요하긴 할 것이다. 그러나 지나친 어른들의 배려가 자칫 아이들에겐 간섭이 되고, 건강한 교우 관계 발달에 오히려 장애가 되지 않을까 하는 생각까지 들었다.

나의 생각이 이러하니 이 축어록을 놓고 여러 가지 의미를 탐색하는 학우들과의 토론에 내가 제대로 끼일 수 없었던 것은 당연했다. 차마 이건 상담할 필요가 없는 일이라고 말하지는 못하고 그저 입을 다물고 있었다.

이게 상담을 막 공부하기 시작할 때의 나의 모습이었다. 지금 되돌아보면 얼굴이 화끈거린다. 나는 그저 내 생각만으로 내담자를 바라보고 판단하고 해결하려 한 것이다. "내가 너만 할 때는…"이라는 고정관념도 없지 않았을 것이다. 이런 일로 상담소를 찾아온 이 학생은 어떤 성격이며, 어떤 성장 과정을 거쳤고, 친구와의 다툼이 얼마나 힘들었으면 상담소를 찾았을까 하는 것들에는 생각이 깊이 닿지 않았다. 게다가 나는 대뜸 이 상담의 목표를 내담자와 친구와의 관계 회복에 두고 있었다. 모든 상담은 문제 해결에 초점을 두어야 하며 이 학생의 문제 해결은 친구와의 관계 회복이라고 단정 짓고 있었던 것이다. 나의 이런 인식들은 상담의 이론과 실습 공부를 해 가면서 통렬하게 깨지고 뒤집어지기 시작했다.

저기 그곳에 내가 서 있네

불쑥 거인이 나타난다면

상담 실습 공개 슈퍼비전 시간이다. 한 학우가 진행한 상담의 축어록이 화면에 펼쳐졌다. 내담자는 30대 여성, 주호소 문제는 "진정한 행복감을 느낄 수 없다."였다. 비교적 잔잔하게 흐르는 것 같던 상담-내담자 간 대화는 갑자기 급류에 휩싸였다.

내담자가 불쑥 몇 년 전의 유산 경험을 털어놓으면서 격렬한 감정의 소용돌이에 휩싸인 것이다. 유산한 아이에 대한 죄책감, 이후 아이를 가질 수 없게 된 상황, 두 명의 아이를 입양하였지만 그 아이들에게 겹쳐지는 유산한 아이의 환영……

상담 분위기는 한 순간에 걷잡을 수 없는 격랑 속으로 빠져들었다. 상담자도 당황한 기색이 역력했다. 내담자도 상담자도 함께 울먹였다. 축어록을 읽어 가던 상담자는 상담 당시의 기억이 생생하게 되살아나는 듯 다시 울먹였다. 축어록을 보는 관찰자인 학우들도 숨을 죽였다. 나도 가슴이 먹먹해졌다.

상담자는 내담자에게 유산한 아이와의 이별 의식을 치르자고 제의했다. 상담자가 하늘나라의 아이가 되어 엄마와 이야기를 나누었다.

"엄마, 나는 하늘나라에서 건강하게 잘 지내고 있으니 미안해하지 마."

이후 수업이 어떻게 진행됐는지 기억이 잘 나지 않는다. 눈물을 참으려고 애쓴 것밖에는. 교수님이 상담 중 '돌발 이슈'가 나왔을 때 어떻게 대처

해야 하는지를 설명한 것 같은데 내용은 머리에 거의 남아 있지 않았다.

정말 어떻게 해야 하는 것인가. 상담 중 나의 이성과 감정으로는 도저히 감당하기 어려운 '거인'이 불쑥 나타난다면 어떻게 해야 하는 것일까. 상담 초보자인 나로서는 도망치는 것 말고는 다른 방법이 없을 것 같다. 나 자신이 그 거인에 압도되어 감정의 늪에서 허우적댈 수는 없는 노릇 아닌가. 그럴 경우 내담자는 치유는커녕 고통만 더 키우지 않을까.

"정말 힘드시겠군요. 저는 아직 상담자로서 실력과 경험이 부족해 선생님과 함께 힘들어할 뿐 어떻게 해야 선생님의 고통을 덜어 드릴 수 있을지 잘 모르겠습니다. 제가 선생님을 잘 도와드릴 수 있는 훌륭한 상담 선생님을 소개시켜 드리겠습니다."

이것이 내가 할 수 있는 최선일 것 같다. 내담자와 감정적 공감은 하되 상담자로서의 이성과 냉정은 유지하는 것이 얼마나 어려울까. 내담자를 끌어안고 같이 펑펑 울고 싶을 때 그걸 참아 내는 힘과 능력을 키우는 일은 공감보다 더 어려운 일은 아닐까. 이래저래 나에겐 참 어려운 상담의 길이다.

상담자의 특권

한 40대 직장 여성을 상대로 상담 실습을 할 때였다. 수업의 한 과정인 실습이긴 했지만, 나에겐 최초의 실제 상황이었다.

내담자는 남편과 자주 갈등을 빚고 친구들과의 관계도 원만하지 않다고 했다. 직장에서도 일자리를 잃게 될까 불안해하고 있었다. 아주 가깝다고 여겨 온 친구들에게 소소한 부탁을 해도 거절하기 일쑤여서 인간관계를 잘못 맺어 온 것 아닌가 하는 생각도 든다고 했다.

내가 보기에 내담자는 돈에 너무 집착하는 성향인 것 같았고, 이것이 여러 문제의 근본 원인으로 생각되었다. 내담자가 돈에 집착하는 데에는 분명히 성장 배경이 작용하고 있을 것이라고 짐작되었지만, 그에 관한 질문은 내담자의 아픈 과거를 들추는 것이 될 게 뻔해 망설여졌다. 내담자의 감정을 다치지 않게 하면서 상담을 부드럽게 끌고 가고 싶은 마음이 작용했다. 이게 내담자에 대한 배려라고 생각했지만 상담 초보자의 소심함일 뿐이었다.

핵심적인 질문을 하지 못한 채 어영부영 1시간의 상담이 끝났다. 1주일 후에 있을 다음 상담에서는 어떻게든 궁금한 질문을 해야겠다고 다짐했지만 어떻게 내담자의 마음을 다치지 않고 자연스럽게 이야기를 끌어낼 것인지가 고민이었다.

그런데 다음날 수업 시간에 교수님이 "상담자는 (내담자에게) 무엇이든 물어볼 수 있고, 물어보아야 한다."고 하지 않는가. 마치 나를 콕 집어 하는 말 같았다.

"의사가 환자를 진료할 때 무엇이든 물어볼 수 있어야 병의 증상과 원인을 정확히 진단할 수 있다. 상담도 마찬가지다."

너무나 당연한 이야기인데, 그런데 그게 나에겐 쉽지 않았다. 상담자로서의 실력과 배짱, 그리고 사명감을 갖추지 않고서는 남의 아픈 곳을 찌르는 질문이 쉽게 나오지 않는 것 같았다.

다음번 상담 때, 적절한 기회를 잡아 조심스럽게 질문을 던졌다.

"제가 보기에 선생님은 돈에 대한 집착이 강하신 것 같은데 혹시 그럴 만한 계기가 있나요?"

그리고는 놀라운 일이 벌어졌다. 예상과 달리 내담자는 조금의 주저함도 없이 자신의 아픈 과거를 술술 거침없이 말하기 시작했다.

"고 3 때 사업하던 아버지가 돌아가시고, 집안이 돈에 쪼들리고, 엄마의 성격이 거칠게 변해 갔습니다. 그런 엄마를 보면서 사람이 돈이 없으면 저렇게 되는구나. 돈이 있어야 하는구나. 엄마를 욕하면서 닮아 가는 나 자신을 느끼고…."

아, 내담자는 사실 이 이야기를 하고 싶어서 상담자가 물어 주기를 기다리고 있었는지도 모른다. 내담자의 가슴 속, 아니면 무의식 속에 켜켜이 쌓이고 쌓인 이 이야기를 어딘가에 털어놓고 싶었는지도 모른다.

"내가 왜 이렇게 돈에 집착하는지, 돈을 밝히는지 너희들이 알아?"

세상에 대고 외치고 싶었을지도 모른다. 조금만 건드려도 빵~ 터질 것 같은 원한과 서러움이 목까지 차올라 있었을지도 모른다.

저기 그곳에 내가 서 있네

상담자가 진심으로 내담자를 위하고 생각한다면 물어보지 못할 말이 없다. 오히려 내담자가 그걸 원하고 있을지도 모른다. 다만 상담자는 그런 질문에 담긴 깊은 뜻을 새기고, 질문의 방법과 요령을 터득해야 한다. 그게 경험과 실력일 것이다. 상담에서는 이걸 직면이라고 하던가.

전화 상담을 끝내면서 내담자에게 소감을 물었다.

"속이 시원해요"

의례적으로 하는 인사말일 수도 있지만, 완전 초보 상담자로서 가장 듣고 싶은 말이었다. 껑충껑충 뛰고 싶었고, 그렇게 뛰었다.

로저스가 봤다면

가을의 저녁 시간, 캠퍼스를 한 바퀴 돌면서 떠오른 각자의 생각을 주제로 상담 실습을 하는 시간이었다. 내가 상담자 역할을 맡았다. 한 학우가 내담자가 되어 말문을 열었다. 그는 도서관 시계탑을 보고 이런 글을 썼다고 했다.

> 같은 시계 다른 시간
> 은은한 빛을 내며 따뜻하기도 하고
> 혼자 우뚝 서서 등대같이 이정표도 되어 주고
> 이질스럽지 않고 각각 눈이 가네
> 이 모든 것이 어우러져 아름답고 오래 기억들이…

그런데 이것은 나중에 녹음된 내용을 다시 들어서 적은 것이고, 실습 장면에서 나는 첫 구절 '같은 시계, 다른 시간'에 딱 꽂혀 버렸다. 그 다음 내용은 귀에 들어오지가 않았다. 상담자로서의 나의 첫 반응은 이랬다.

"관찰력이 참 좋으시네요. 시계탑에 시계가 두 개인데 시간이 다르다는 사실이 눈에 들어오셨네요."

이후의 상담은 보나 마나였다. 나중에 축어록을 자세히 살펴보면서 나 스스로 평가한 상담자 분석의 요지는 이랬다.

저기 그곳에 내가 서 있네

"상담자는 처음부터 대뜸 내담자의 문제 찾기에 나서고, 내담자에게 문제를 내놓으라고 압박하는 듯한 느낌을 준다. 내담자는 얼핏 상담자의 주장에 끌려가는 듯하다가 다시 그게 아니라며 버티기를 되풀이한다. 상담은 마치 상담자와 내담자의 술래잡기처럼 진행된다."

상담자는 우선 내담자의 전반적인 정서에 공감하고 내담자의 이야기를 경청하면서 내담자의 여러 측면이 자연스레 드러나기를 기다려야 했다. 그러나 상담자는 그런 탐색의 길을 가는 대신 첫 대화에서부터 내담자의 성격적 특성을 짚어 내려고 한다. 내담자가 두 시계의 시각이 다른 걸 묘사한 걸 놓고 관찰력이 좋다고 한 뒤, 내담자가 평소 정확성을 중시하는 성격이냐고 묻는다. 그러고는 이 '정확성'을 상담의 주제어로 만드는 데 주저함이 없다. 상담의 첫 대화에서부터, 내담자의 주호소 문제를 제시한 뒤, 이를 추궁하듯 하면서 내담자의 인정을 받으려 하고 있는 것이다.

이후의 대화는 시종 '내담자의 성격 때문에 내담자 스스로 힘들거나 가족이 힘들어 하는 점은 없는가?', '내담자는 자신의 성격을 바꾸고 싶지는 않은가?'라는 주제에서 맴돌고 있다. 문제는 이 주제가 내담자가 스스로 호소하는 것이 아니라 상담자가 '이렇지 않느냐?'고 추궁하다시피 하고 있다는 점이다. 내담자는 "네, 네."라는 반응으로 일견 상담자에게 끌려오는 듯 보이지만 내심 강한 저항을 보이고 있다.

결국 이 상담은 '정확한 걸 좋아하는 내담자의 성격' 한 가지에 매몰돼 정처 없이 떠돌다가 주어진 시간이 다 되면서 아무런 결과도, 방향도 없이 유야무야 끝나게 된다. 문제는 상담자가 너무 쉽게, 너무 성급하게, 너무 자의적으로 상담을 끌고 가려 한 태도에 있는 것이다.

"상담이 이렇게 된 근본적 이유는 상담자가 '상담은 문제를 해결하는 것'이라는 고정관념에 빠져 있었기 때문이다. 상담자는 처음부터 '문제 찾기'에 급급하는 바람에 자연스럽게 상담의 방향이 잡혀 가는 것을 막아 버린 결과가 됐다. 이 상담은 상담 현장에서 일어나서는 안 되는, 생생한 '실패 사례'라고 하지 않을 수 없다."

상담자로서의 소감은 이랬다.

"상담 축이록을 읽으면서 낯이 뜨거워진다. 나는 왜 이렇게 서둘렀나. 왜 상담자인 내가 먼저 내담자의 고민을 찾아 주고, 더 나아가 고민을 만들어 주려고까지 하고 있나. "당신 이거 미처 몰랐지?"라며 나의 능력을 과시하고픈 마음이 있었나. 딴 생각하느라 놓쳐 버린 내담자의 이야기가 궁금한데도, 왜 "내가 당신 이야기를 놓친 부분이 있네요."라고 솔직하게 말하지 못했나. 산만한 상담자라는 인상을 주게 될까 두려웠나. 중간에 "아, 이 길이 아닌가?"라는 생각이 들었을 때, 왜 "제가 좀 서둘렀나 봅니다. 우리 처음부터 다시 한 번 짚어 볼까요."라고 말할 용기를 내지 못했나. 그때부터라도 왜 내 이야기를 멈추고 내담자가 무슨 이야기든 편하게 할 수 있는 분위기를 만들지 못했나."

이 상담은 내가 상담 공부의 초입부에서 기록한 흑역사의 대표작이라고 할 만했다. 성급함, 당황, 초조감, 자책, 주도하기, 능력 과시욕 등 초보 상담자가 흔히 보이는 미숙함의 종합판이라고 할 만했다.

칼 로저스는 저서 《사람-중심 상담》에서 이렇게 말하고 있다.

"상대방이 무슨 말을 하려고 하는지 미리 확신해 버리는 바람에 (상대방의 이야기를 제대로) 못 들었을 때는 나에 대해 정말 화가 납니다."

"상대방이 말한 단어를 조금만 비틀고 의미를 약간만 구부리면 내가 듣고 싶은 것을 그가 말하고 있는 것처럼 보이게 할 수 있습니다. (나아가) 그가 내가 원하는 바로 그 사람이 되게 할 수도 있습니다."

로저스가 마치 나의 상담을 지켜보고 말하는 듯한 무서운 경고였다.

행복의 모습들

"지난 일주일 동안 가장 행복했던 순간을 떠올려 보세요."

그날 수업은 그렇게 시작됐다. 얼른 떠오르는 일이 없었다. 일주일이 어떻게 지나갔는지도 잘 모르겠다. 무슨 일이 있었지?

행복했던 일도 잘 떠오르지 않는데 그중에서도 가장 행복한 일이라고? 그나마 엊그제 집 근처 용문산에 갔던 기억이 떠올랐다. 노오란 은행나무와 빠알간 단풍나무, 그 배경이 되어주는 파아란 가을하늘. 삼원색의 조화가 아름다웠다. 내가 첫 번째로 답하게 되었다.

"뭐, 특별히 행복이라고 할 만한 일은 없었던 것 같고…. 집 근처 용문산에 간 게 좋았습니다."

스스로 생각해도 멋대가리 없는 대답이었지만 솔직한 심정이었다. 앉은 순서대로 다른 학우들의 대답이 이어졌다.

- 체중 감량을 했는데 옷이 몸에 맞았어요.

- 가족들과 맛있는 음식을 먹었어요.

- 대학 친구가 10년 만에 전화를 했어요.

- 맛있는 커피 집을 발견했어요.

- 남자친구가 어젯밤에 카톡을 짧게 해서 울었는데 아침에 마음이 한결 같다는 걸 확인했어요.

- 아이가 학교에서 돌아와 "엄마 도시락이 최고."라고 했어요.

아, 그렇구나. 이런 게 모두 행복이구나. 나는 왜 행복을 대단한 일에서 찾으려고만 했나. 그것도 1등 행복, 2등 행복…. 순서를 매겨가면서. 학우들의 행복 고백이 이어지면서 강의실은 점차 어떤 행복의 기운에 감싸지는 것 같았다.

- 아무 일 없이 지나간 평범한 지난주가 좋았어요.

- 5km 단축 마라톤을 뛰었어요.

- 봉사 활동으로 돌보고 있는 미취학 아동들이 날 보면 '선생님!' 하고 맨발로 뛰어나와요.

- 중국에 계신 부모님과 오랜만에 영상통화를 했어요.

그래, 모든 게 다 행복이구나. 행복은 마음속에, 마음먹기에 있는 거구나. 갑자기 내 마음속에서 수많은 행복들이 쏟아져 나왔다.

- 아침 식사 후 정원에서 아내와 함께 하는 커피 한잔.

- 아내가 만들어 주는 김밥 한 줄.

- 당뇨 때문에 아내가 못 먹게 하는 라면을 밤에 몰래 끓여 소주 한잔 곁들이기.

- 매주 목요일 학교 가는 고속버스 안에서 느끼는 여행감.

- 장가 안 가고 버티는 아들놈들과 티격태격 말싸움하기.

- 기다리는 사람한테서 오는 카톡 한 줄.

나에게 행복은 이렇게 많구나. 나를 둘러싼 모든 것이 행복이구나. 행복은 주어지는 것이 아니라 느끼는 것이구나. 이 순간 김춘수 시인의 〈꽃〉이 '행복'이 되어 나에게 다가왔다.

내가 그의 이름을 불러주기 전에는

그는 다만 하나의 몸짓에 지나지 않았다

내가 그를 행복이라고 불러 주었을 때

그는 나에게로 와서 행복이 되었다

수많은 철학자들이 수많은 행복론을 썼듯이 세상에는 사람 수만큼이나 많은 각자의 행복론이 있을 것이다. 나의 행복론은 어느 상담학 수업 시간에 우연의 모습으로 이렇게 다가왔다.

저기 그곳에 내가 서 있네

상담자의 명상

가만히 눈을 감았다. 떠오르는 생각들을 하나하나 지우려고 하지만 그럴수록 상념들은 더욱 뇌리에 달라붙는다. 이날 수업은 3분간 명상으로 시작됐다.

명상!

지난 수십 년간 수없이 시도해 보았고 노력해 보았지만 한 번도 만족할 만한 경험을 못 해 본, 나에겐 저 멀리 피안의 세계 같은 것. 사마타, 위빠사나, 간화선… 이런저런 책도 뒤적여 보고, 철야 수련에 참가해 보기도 했지만 그저 흉내만 낼 뿐, 참선의 문 안에는 한 발짝도 들어서지 못했다.

이제 다시 명상이라… 온갖 허접한 생각들만 떠올랐다 사라진다.

"이제 그만. 3분의 시간이 참 길게 느껴지지요?"

교수님 말씀에 눈을 떴다. 옳은 말씀. 일상 속 3분은 순간이지만 명상의 3분은 지겨울 정도니까. 몇몇 학우가 명상의 느낌을 이야기했지만 마음에 와닿지 않았다. 그리고 장면은 바뀌었다.

수업에서 했던 상담 실습의 리뷰(슈퍼비전)였다. 실습이었지만 내담자를 자처한 학우는 자신이 겪고 있는 불안 증세를 생생하게 털어놓았다. 이제 막 대학을 졸업하고 대학원에 진학한, 나에겐 어리게만 보이는 여학생이었다. 여러 학우들 앞에서 자신의 은밀한 내면의 고통을 가감 없이 털어놓고 도움을 구하는 그 마음에, 그 절박함에, 또 그 용기에, 나는 가슴이 먹먹해졌다. 눈물이 났다. 수업 시간이 아니었으면 그 눈물을 참지 못했을 것이다.

그것은 내가 내담자를 사실상 처음 만나는 순간이기도 했다. 내가 상담자 역할을 한 것은 아니지만 이렇게 바로 곁에서 내담자의 숨결을 느껴 보는 것은 처음이었다. 그동안 책으로 읽은, 아니면 실습용으로 행했던 상담자-내담자 간 대화가 없지 않았지만 이렇게 생생하게 나의 가슴을 파고드는 내담자의 고통을 대한 적은 없었다.

그때 알았다. 앞으로 내가 맞게 될 내담자들은 이런 사람들이겠구나. 이보다 더한 고통을 안고 있는 사람들이겠구나. 그동안 내가 상상하고 책에서 보던 내담자들도 이보다 못지않은 문제를 안고 있는 사람들이었지만 정작 그들은 나에게 실존하지 않는 존재들이었다. 이렇게 살아 숨 쉬는 존재가 살아 있는 호흡으로, 고통스런 숨을 몰아쉬며 나에게 도와 달라고 할 때 나는 과연 어떻게 해야 할까. 정말 상담의 길은 멀고도 어렵겠구나. 아득하구나.

그런데 그 순간, 나는 나의 마음이, 가슴이, 머리가 한순간 명료해지는 듯한 느낌을 받았다. 구체적으로 설명할 수는 없지만 정화(淨化)된다는 것이 이런 느낌일까 싶었다. 왜 그런지는 모르겠다. 그래도 이런 생각은 든다. 상담자와 내담자 간에 공감이 이루어지는 순간 이런 느낌을 받게 되지 않을까. 해결책도 모르고 갈 길도 멀지만 공감이 이루어지는 순간, 뭔가 막힌 데가 뚫리고 멀리서 빛이 비치는 듯한 느낌을 받게 되는 것 아닐까.

명상이 뭔지는 여전히 모른다. 그래도 이렇게는 말하고 싶다. 상담자에

저기 그곳에 내가 서 있네

게 명상은 자신의 감정과 마음을 맑고 투명하게 만들어 내담자의 감정과 고통이 최대한 있는 그대로 전달될 수 있게 하는 것이라고. 그런 명상이라면 나는 이제 조금 맛을 본 것은 아닐까. 그 높디높은 명상의 세계에 한 발짝쯤 들여놓은 것은 아닐까.

현상학의 신비로운 늪

그런대로 재미있게 순항한다고 생각하던 나의 연구방법론 공부는 현상학을 만나면서 길을 잃는 느낌이었다. 나는 지금까지 논문이라면 양적 연구의 형태가 미릿속에 박혀 있다시피 했다. 논문 하면 "~이 무엇에 미친 영향에 관한 연구"이거나 "~과 ~의 상관관계에 관한 연구" 등의 제목만 떠올랐다. 나의 선입견이 이러다 보니 처음 질적 연구를 대하면서 "이런 것도 논문인가?", "거참 쉽네." 하는 생각을 좀체 떨치기 어려웠다. 그러다가 마침내 현상학으로 들어가게 됐다. 마침내라고 하는 것은 내가 전에 현상학을 만난 적이 있고, 그 만남의 상처와 기억이 생생했기 때문이다.

앞선 학기 '상담이론과 실제' 수업에서 나는 실존주의 상담이론의 발표를 맡았고, 그러다 보니 실존주의와 떼려야 뗄 수 없는 현상학을 만나게 됐다. 그때 내가 멋모르고 덤빈 것은 철학으로서의 현상학이었다. 그래서 현상학의 창시자 후설의 후계자로 꼽히는 하이데거의 대표 저서인 《존재와 시간》을 읽게 됐다. 빡빡한 활자로 600페이지가 훌쩍 넘는 책이었다. 그러나 20페이지를 겨우 넘기고는 두 손을 들고 말았다. 독일 사람들이 독일어로 된 이 책을 읽다가 "독일어 번역본이 나오면 읽어야겠다."고 했다는 농담이 실감났다. 한글 번역본이니 글은 읽히는데 의미는 알 수가 없었다. 사르트르의 《존재와 무》는 아예 들여다보지도 않았다. 결국 현상학을 해설해 놓은 책과 자료들을 이리저리 살피면서 얼기설기 감을 잡을 수밖

저기 그곳에 내가 서 있네

에 없었다.

'나타난 현상을 있는 그대로 탐구함으로써 본질에 다가간다.'는 현상학의 정신은 그나마 어렴풋 알겠는데, 그걸 가능하게 하는 '현상학적 환원'이란 도대체 어떻게 하는 것이며 그게 가능하기나 한 것이란 말인가. 나의 무식을 한탄하다 못해 짜증까지 치솟았다.

그렇게 좁디좁은 나의 지적 세계의 한편을 떠억 차지하고는 심술을 부리고 있던 현상학을 다시 외나무다리에서 딱 만난 것이다. 이번엔 피해 갈 길이 없다. 그래, 다시 한 번 붙어 보자. 다행히 이번에는 철학으로서의 현상학이 아니라 연구방법으로서의 현상학이다. 깊고 깊은 철학의 바다에서는 현상학이라는 놈의 정체를 파악하기가 나의 능력으로는 불가능할 것이다. 그러나 연구방법으로서의 현상학은 일단 그 깊이는 잠시 밀어 놓고 형식이라도 익히면 그런대로 써먹을 수 있지 않을까.

교재를 읽고 또 읽고, 현상학적 연구방법 자체에 관한 논문을 찾아보고, 현상학적으로 쓴 논문들도 검색해 보았다. 일단 현상학 논문의 형식을 익히는 것은 생각보다 어렵지 않았다. 그러나 역시 문제는 현상 곧 체험을 통해 본질을 어떻게 탐색해 내느냐이다. 본질을 꿰뚫어 보는 통찰력과 해석력, 그리고 표현력은 노력만으로 가능할 것 같지도 않았다. 더구나 현상학적 연구의 글쓰기는 심지어 우아해야 한다고까지 하니 그저 허억이다. 현상학적 글쓰기의 과제도 해 보았지만, 나의 글이 최소한의 현상학적 기준에라도 맞는지, 아니 현상학적 글쓰기의 기준이란 게 있기는 한 건지, 심하게 허우적댈 뿐이었다. 역시 현상학은 머나먼 동경의 대상이었다. 그러나 나는 이 늪에 한번 빠져 보고 싶었다. 그 어려움과 추상적 모호함에 허우적거릴수록 매력도 그만큼 더 느끼게 될 것 같다. 나에게 현상학은 묘한 신비감을 주는 그 무엇으로 다가왔다.

현상학의 늪에 빠져 있던 나에게 유혹의 손길을 내민 것은 내러티브였다. 내러티브에 대한 첫인상은 참 편하고 부드럽다는 것이었다. 현상학에서 느끼는 지적 강박 같은 것이 없었다. 그냥 물길 따라 흐르는 완만한 강물 같았다. 현상학에 지친 나에게 위안을 주었다. 당장에 거기로 달려가고 싶었다. 더구나 '셀프 내러티브'도 있다고 하지 않는가. 그냥 하고 싶은 이야기 실컷 하고, 그 이야기를 내가 탐색하고, 해석하고, 의미 부여하면 될 것 아닌가. 연구 참여자를 따로 구하지 않아도 되니 얼마나 편할까. 그러나 이 편안함과 부드러움 속에도 치밀하게 짜여진 구조와 계산이 숨겨져 있다는 사실을 아는 데는 긴 시간이 필요하지 않았다.

그러면 그렇지, 내러티브도 연구방법의 하나인데 오죽할까. 내러티브라고 그냥 하는 '이야기'가 아니라, 애초에 시간적-공간적-사회적 차원으로 나름 치밀하게 구성돼야 한다는 것이다. 그래도, 잘 몰라서 하는 소리인지는 모르지만, 연구방법론 중에서는 내러티브가 그나마 편하고 자유롭고, 그래서 마음 넓고 이해심 많은 여성처럼 느껴지는 것은 어쩔 수 없었다. 언젠가는 내러티브의 진정한 매력을 느끼고 거기에 빠져들지도 모른다는 예감 같은 것이 들었다. 사실 이 책도 처음에는 셀프 내러티브 방법론으로 논문을 쓰려다 논문의 엄격한 형식과 거기에 들어갈 시간과 노력이 부담스러워 포기하고 그냥 편하게 쓰고 싶은 대로 쓸 수 있는 단행본으로 쓰게 됐음을 고백해야겠다.

혼자 있는 시간의 힘

아내에게 바깥에 나가 점심 식사를 하자고 했더니 혼자 갔다 오라고 한다. 전날 저녁때까지만 해도 점심을 밖에서 먹기로 했었다. 왜냐고 물었더니 식욕이 없다고 한다. 어제까지 먹고 싶다고 하던 메뉴들을 쭈욱 들먹였다. 칼국수, 장어, 한정식······.

고개를 흔든다. 아내는 소화계통이 약해서 먹는 걸 가리는 편이고 뭘 살먹는 편이 아니다. 그래서 내가 자주 "먹고 싶은 것 잘 좀 생각해 보라."고 한다.

몇 번 재촉해도 같이 나갈 기미를 안 보여서 "그럼 나도 안 나가겠다."고 했더니 아내는 정색을 하고 혼자 좀 갔다 오라고 한다. 혼자 무슨 재미로 가느냐, 왜 그러냐고 다그쳤더니 아내는 의외의 말을 했다.

"혼자 좀 있고 싶다."

그 말에 나는 아! 하고 뒷머리를 맞는 느낌이었다. 아내의 기분을 한순간에 알 수가 있었다. 지난 2주 동안 나는 아무 데도 가지 않고 집에만 있었다. 게다가 서울의 어머니가 열흘 넘게 집에 계시다 가셨다.

아내는 지친 것이었다. 보통 때는 내가 대학원 수업이나 다른 일로 1주일에 한두 번은 집에서 나간다. 특히 대학원 수업이 있는 날은 서울서 자고 들어온다. 시골 산기슭 좀 외진 전원주택에 아내 혼자 있게 하는 것이 신경이 쓰여 서울서 자고 와도 괜찮으냐고 물었을 때 아내는 이렇게 대답했다.

"혼자 있으면 좀 겁도 나지만 나만의 시간을 가질 수 있어 좋다."

10여 년 전 내가 처음 실직자가 됐을 때 아내는 이런 말을 한 적이 있다.

"실직이 돼 돈을 못 벌어 오는 것은 괜찮다. 곧 무슨 일이든 하리라 믿기 때문이다. 그런데 당신이 하루 종일 집에 있는 건 힘들다. 당신이 직장에 나갈 때는 어쨌든 낮에는 이 집이 나의 공간인데 이제 하루 종일 내 공간이 사라져 버린 것 아닌가."

옛날 기억까지 한꺼번에 확 밀려오면서 나는 정신이 번쩍 들었다. 아내는 정말 혼자만의 시간을 필요로 하는구나. 도대체 나는 어찌하여 그걸 몰랐단 말인가. 하루 종일 집에 붙어 있으면서도 내가 편하니 아내도 편하게 여기는 줄만 알고 있었다.

나는 편한데 아내는 왜 편하지 않은 걸까. 아내가 나를 싫어해서 그런 건 아니라는 건 자신 있게 말할 수 있다. 나 때문에 식사 준비 등 집안일이 많아서 그럴 수는 있겠지만 그것도 결정적 이유는 아니라고 믿는다.

결국 그건 우리 두 사람의 관계에서 오는 그 무엇일 것이다. 나는 아내가 편하고, 아내는 내가 마냥 편하지만은 않은 것이다. 마냥 편하지만은 않기에 좀 쉬고 싶은 시간과 공간이 필요한 것이다.

그런데 나는 아내 곁이 왜 마냥 편한 걸까. 아내에게서 벗어나 있고 싶다는 생각을 해 본 적이 없다. 그렇다고 내가 엄청난 애처가라고 할 수도 없다. 두 사람의 애정 차이라고 하기엔 유치하다.

결국은 이게 지배 관계에서 오는 것 아닐까 하는 생각이 든다. 지배라는 단어의 어감이 좀 어색하긴 하지만 말이다. 정신적으로 내가 아내를 지배

저기 그곳에 내가 서 있네

하는 위치이고, 아내는 그 지배의 영향을 받고 있는 것이 아닐까. 물론 두 사람이 이걸 의식하고 있지는 않을 것이다. 나는 내가 아내를 지배하고 있다는 생각을 잠시도 해 본 적이 없다.

아내는 나의 하루 세끼 식사를 챙기고 빨래를 하는 것만으로도 나를 보살핀다고 생각할 수도 있을 것이다. 그런데도 아내는 나를 아랫사람 대하듯 편하지는 않을 것이다. 직장에서는 아무리 편한 상사라도 그가 내 곁에 있으면 뭔가 어렵고 불편하기 마련이다. 나와 아내가 집에 같이 있으면 아내는 마치 상사가 곁에 있는 듯한 기분일지도 모르겠다.

나는 얼른 차를 몰고 시내로 나왔다. 점심을 먹고 일부러 몇 시간을 보내다 좀 늦게 집으로 돌아왔다. 아내는 그렇게 나를 내보낸 게 미안했던지 대문을 열어 놓고 기다리면서 왜 이렇게 늦었냐고 타박을 했다. 그러나 얼굴은 아까보다 밝고 활기찼다.

우리는 차 한잔하면서 이야기를 나누었다. 내가 생각했던 것이 거의 맞았다. 사실 맞고 아니고 할 것도 없었다. "나 혼자 좀 있고 싶다."는 말은 옛날부터 아내가 흔히 하던 말인데 내가 잊고 있었을 뿐이었다.

내가 아내의 마음에 더욱 신경이 쓰이고 알아보고 싶은 마음이 강해지는 것은 은퇴 후 함께 있는 시간이 많아졌기 때문이기도 하겠지만, 상담 공부가 영향을 준 것도 분명한 사실이라고 생각한다. 사람의 마음을 살피려는 정성과 노력이 조금씩 늘고 있음을 느끼기 때문이다.

나는 아내에게 조용히 속삭였다.

"이제 자주 외박까지 해 드리리다."

빈센트 반 고흐 선생께

며칠 전 깊은 밤 우연히 당신을 만났습니다.

이런저런 생각에 잠 못 이루고 유튜브를 뒤적이다 당신의 삶을 만나게 되었지요.

그날이 당신의 그림처럼 '별이 빛나는 밤'이었는지는 모르겠습니다.

그날 밤 이후 며칠 동안 나는 당신에게서 헤어나지를 못했습니다.

당신에 관한 책을 주문하고, 애타게 기다리다, 또 밤을 새며 읽었습니다.

당신의 그림도 주문했습니다. 물론 값싼 모사품이지요.

당신의 진정한 고뇌는 무엇이었나요?

당신의 죽음은 정말 자살인가요?

당신은 왜 제 발로 정신병원으로 갔나요?

당신이 668통의 편지를 보낸 동생 테오는 당신에게 어떤 존재였나요?

당신이 태어나기 1년 전 사산아로 태어났던 형의 이름이 당신과 같은 '빈센트 반 고흐'였다지요? 그래서 당신은 부모에게 형의 대체품으로 여겨지는 것 아닌가 하는 생각에 시달렸다지요? 그래서 당신은 자기애가 부족했다고 후세 사람들은 말하네요.

할아버지, 아버지가 모두 목사인 집안에 태어난 당신의 신앙심도 유별났다지요. 약자들에게 자신을 무조건 내던져야 직성이 풀리는 그 종교적 헌신성.

아이를 둔 창녀와 함께 살면서 결혼을 꿈꾸었지만 당신의 삶을 책임져 주는 동생의 반대로 끝내 그녀를 버리고는 죄책감에 시달렸다지요.

깊고도 고독한 신앙의 소유자인 당신의 그 어디에, 고갱과의 우정과 갈등 끝에 스스로 한쪽 귀를 잘라 버리는 격정이 잠재해 있었나요.

"나의 예술은 백년 후의 사람들이 이해해 줄 것."이라는 당신의 쓸쓸한 토로는 고독한 예술가의 자위였나요, 확신이었나요.

당신의 이 말은 예언이 되어 당신이 죽은 지 100년이 되던 해에, 살아평생 단 한 점의 그림밖에 못 팔아 지독히도 가난한 삶을 살았던 당신의 그림이 세상에서 가장 비싼 그림으로 팔렸지요.

어느 날 밤, 당신이 나에게 새롭게 다가온 것은 화가 고흐로서가 아닙니다.

당신이 새롭게 보인 것은 내가 지금 상담 공부를 하고 있기 때문입니다.

당신은 나에게 내담자 고흐 씨입니다.

당신이 나를 찾아와 상담 좀 해 달라고 하면 나는 어떤 표정을 지을까요.

상담자로서 나는 정말 당신과 이야기해 보고 싶습니다.

세상 사람들은 당신이 정신착란증에 시달렸다고 말합니다.

당신도 스스로 그렇게 말한 적이 있지요.

그 착란증이 당신 예술의 원동력이었다고 말하는 사람도 있습니다.

당신의 예를 들면서 "누가 정상이고 누가 비정상인지를 어떻게 말하랴, 단지 사람들은 각기 특징을 갖고 있을 뿐."이라고 말하는 사람들도 있습니다.

어쨌든 당신은 상담자라면 누구나 탐을 낼 만한 매력적인 내담자임에 틀림없습니다.

엄청난 잠재력을 갖고 있으면서도 현실에 적응하지 못하는 현실부적응자, 자신의 엉뚱한 길만을 고집하는 집안의 골칫덩어리, 평소 냉정하고 차분한 성격이면서도 인간관계는 엉망인 데다 자기 귀를 자를 정도의 격정의 소유자, 결국은 정신착란증으로 정신병원을 찾았다 37살의 나이에 자신의 배에 권총을 쏘아 버리는 비극의 천재 예술가….

이 정도면 세계 내담자 중에 역대 최고의 경력 아닌가요. 상담에서 그래도 중량급 대우를 받는 우울증 환자나 자살 위험자 등이 당신 근처에나 갈수 있겠습니까.

지금은 아닙니다. 나의 실력이 보잘 것 없어서. 그러나 언젠가는 당신을 내담자로 맞아 몇 회기가 됐든 상담을 해 보렵니다. 내가 감히 당신을 치유야 할 수 있겠습니까. 치유라는 말이 당신에게 가당키나 한 말인가요. 당신은 내담자로서도 고집 세고 제멋대로 할 게 뻔하지요. 만에 하나 세상 사람이 말하는 '치유'가 된다면 당신의 예술가적 기질과 능력이 사그라들지도 모르지요.

그냥 당신의 이야기를 실컷 듣고 싶습니다. 그게 상담자의 기본인 경청이기도 하지요. 당신을 통해 인간 내면의 가장 깊숙하고 은밀한 부분을 조금이라도 느낄 수 있다면 당신께 감사드릴 겁니다.

당신은 내가 갈 상담의 길에서 만날 최고봉입니다. 나는 그 최고봉을 피해 가고 싶지 않습니다. 그 최고봉에서 헤매다 상담을 포기하게 될지라도 당신을 꼭 만나고 싶습니다.

저기 그곳에 내가 서 있네

통계와 나

나에게 통계학은 수학의 냄새가 너무 짙게 났다. 그래서 통계학이 싫었다. 고등학교 때 통계학은 수학 교과서의 맨 끝에 실려 있었다. 그러다 보니 통계는 애물단지 취급당하기 일쑤이고, 제대로 배우지도 못했다. 대학 입학시험에도 통계문제는 잘 나오지 않았다.

대학 본고사가 있던 시절, 나는 대학 수험장에 앉아 수학 시험이 시작되기를 기다리고 있었다. 그 순간 갑자기 통계를 공부한 지 너무 오래됐다는 생각이 번쩍 들었다. 부랴부랴 가방에서 수학 참고서를 꺼내 맨 끝부분의 통계 관련 공식 몇 개를 후다닥 외웠다. 곧바로 감독관이 들어오고 수학 문제지를 나눠 주었다. 얼른 문제를 훑어보았다. 통계 문제가 있으면, 방금 외운 공식을 잊어 먹기 전에 그것부터 얼른 풀기 위해서였다. 다행히 통계 문제는 없었다.

이 정도가 통계에 관한 나의 기억의 대부분이었다. 대학에서는 인문학 전공이라 통계학은 쳐다보지 않아도 됐다. 일상생활에서 통계에 바탕한 각종 조사를 대하고 있었지만 그걸 보고 '통계'라는 단어가 떠오르지는 않았다. 언론에서 여론조사라는 이름으로 정치인들과 정당 등에 관한 각종 지지도를 보도하지만, 그 속에 통계가 자리하고 있다는 사실을 굳이 몰라도 아무 문제가 없었다.

그런 내가 연구방법론에서 '통계'를 배워야 한다고 하니 갑갑했다. 통계

하면 수학과 어려운 공식들이 연상되는데 정말 수학은 질색이고 젬병이었다. 그러나 어쩌랴. 일단 교재를 읽는 것이 과제인 것을. 이번에는 교재 요약까지는 하지 않아도 됐지만, 나는 평소보다 더 교재를 열심히 읽고 요약도 해 보았다. 이해가 안 되는 용어와 개념들은 네이버와 유튜브의 도움도 받았다.

신기하게도 재미를 느끼기 시작했다. 우선은 통계에서 수학의 냄새가 별로 나지 않았다. 물론 기초통계라서 그러려니 했다. 통계의 기초 개념과 구조를 알아 가면서, 통계는 수학이라기보다는 건축 같다는 느낌이 들었다. 하나하나의 자료들이 쌓이고 유기적으로 결합하면서 종국에는 의미 있는 결과를 만들어 내는 통계의 과정, 그것은 멋진 설계도에 따라 하나하나 기초부터 벽돌을 쌓아 가다 마지막 벽돌을 놓는 순간 미지의 건축물이 장막을 걷고 드러나는 건축의 과정 같은 것 아닐까. 상담에서의 통계는 각종 심리검사를 설계하고, 수행하며, 자료와 결과를 분석하고 해석하는 데 빠질 수 없는 것이라고 하지 않는가. 이런 통계에 수학은 물론 바탕이 되고, 수학 없는 통계는 존재할 수 없겠지만, 그 수학이 기초통계에서부터 어렵고 괴기한 모습을 드러내지 않는 것이 나에겐 행운이었다. 그보다는 통계의 입구에서 나는 건축의 향기를 느끼기 시작한 것이다.

명명, 서열, 등간, 비율이라는 이름의 4가지 측정 척도도 알고 보니 쉽고 친숙했다. 명명은 이름 대신 번호만 있는 놈, 그래서 자기 특성인 질적 정체성을 나타내고 조사 대상 중 어느 놈이 가장 다수인지(최빈값) 정도밖에 알 수 없지만, 당당히 조사의 주인공이 되는 놈들. 서열은 명명 척도들의 측정값의 순위를 정해 놓은 것이어서 중간값이 드러나고, 등간은 그 순

저기 그곳에 내가 서 있네

위의 차이까지 밝힌 것이라 평균과 표준편차까지 알 수 있어 상관과 회귀, 분산분석과 요인분석에 사용할 수 있단다. 비율은 이른바 의미 있는 0점을 갖고 있기 때문에 등간 차이가 몇 배인지까지 알 수 있어 모든 통계적 절차를 활용할 수 있음을 알게 됐다.

조사나 검사(측정 도구)의 타당도는 그 검사가 목적에 맞는 검사인지를 따져 보는 것이고, 신뢰도는 검사가 얼마나 정확하고 일관성 있는지를 말하는 것이다. 검사 참여자들의 IQ를 측정하기 위해 그들의 머리 무게를 재는 검사가 있다면 그 타당도는 0점일 것이다. 타당도를 측정하는 데는 구인 타당도, 내용 타당도, 준거 타당도 등을 살펴볼 수 있을 것이다. 신뢰도 측정에는 평정자간, 검사-재검사, 동형 검사 등에 의한 측정이 있으며, 내적 일관성을 측정하기 위해서는 반분신뢰도를 이용하며 여기에는 쿠더-리처드슨 공식과 크론바흐 알파 방식이 있다는 사실도 어렴풋 알게 됐다.

기초통계 공부를 통해 내가 얻은 가장 큰 소득은 통계에 대한 공포감과 이질감을 많이 해소했다는 점이다. 상담을 공부하는 데 필수적인 각종 연구물을 읽고 이해하기 위해, 또 각종 측정 도구의 정확한 활용과 이해를 위해 통계를 알아야 한다는 필요성을 넘어 흥미를 갖게 된 것이다. 물론 기초 단계라서 겁 없이 하는 말일지도 모른다. 그래도 통계가 따뜻한 수학이라고 느꼈다면 나의 착각일까.

기술통계, 넌 이름을 바꿔라

기술통계! 너는 이름부터 좀 바꾸어야겠다. 통계 초보자인 나는 네가 기술 분야에서 주로 기술자들이 애용하는 기술용 통계인 줄 알았다. 굳이 영어로 말하자면 technology 말이다. 이런 첫인상이 좀체 떠나지 않아 너의 정체성을 파악하는 데 좀 헷갈렸다. 넌 description이었어. 무엇을 묘사하고 기술한다는 거지. 이름을 제대로 알고 나니 네가 좀 친근하게 느껴지긴 했다. 무언가를 계산하는 게 아니라 묘사하는 거라고 생각하니 일단 그리 딱딱하기만 한 놈은 아닐 것 같다는 느낌이 들었지. 평생 문과 쪽에서만 살아온 나는 이공계 쪽은 젬병이고 질색이거든. 공자의 정명 사상까지 들먹이지 않더라도 사람이나 사물이나 이론이나 이름을 실제에 맞게 잘 정하는 것이 얼마나 중요한지를 너를 만나면서 또 실감했다. 물론 나의 통계 무지를 탓해야 할 일이지만. 차제에 너의 이름을 서술통계나 묘사통계, 아니면 아예 설명통계라고 하면 어떨까.

그런데 너는 역시 딱딱한 놈이었어. 너도 통계학인데 별수 있겠어? 알고 보면 그리 어렵지도 않은 개념들을 왜 그리 어려운 수학 공식으로 포장하고 다니냐. 그러면 뭐가 있어 보이냐. 그냥 막대그래프라고 하면 얼마나 정겹겠어. 그런데 왜 군이 히스토그램이라고 하냐고. 둘의 차이를 알아보려고 네이버에서 찾아보니 뭐 복잡하게 설명은 해 놓았는데 나 같은 초보자에겐 그게 그거더라. 어려운 것을 쉽게 표현해도 힘들 판인데 왜 쉬운

저기 그곳에 내가 서 있네

걸 어려운 용어로 이야기하느냐고.

그래도 하나씩 너를 알아 가니 매력도 좀 있는 것 같더라. 어떤 사람이나 집단을 설명할 때 문학적으로 묘사하는 것도 멋있지만, 너처럼 가장 압축되고 간결한 숫자 몇 개로 핵심적 특징을 딱 집어내는 것도 대단해 보이더라. 특히 집중경향치와 변산도라는 개념은 서로 상반된 성격으로 밀고 당기고 하는 연인들의 관계를 보는 것 같아 즐거웠다.

정적편포니 부적편포니 하는 녀석들도 발음이 어려워 부르기 좋은 이름으로 바꾸어야겠다는 생각이 들었지만, 어쨌든 재미있는 녀석들이었다. 어느 집단이든 아주 우수하거나 아주 열등한 소수가 있으면 중간값은 그대로지만 평균은 좌우로 요동친다는 것을 보여 주었지. 한 집단 내에서 잡다한 수치들이 얼마나 흩어져 있는지를 보여 주는 분산을 구할 때는 제곱 개념을 동원했다가 표준편차에서는 다시 그 제곱을 풀어 버리는 요령을 부리는 것을 보면서, 통계도 기계적 계산만 작동하는 것이 아니라 인간의 조작적 약속이 큰 역할을 하는구나 싶어 속으로 아하! 하기도 했다.

상담학을 공부하기 위해 앞으로 통계학을 얼마나 깊이 있게 알아야 하는지 지금으로서는 짐작할 수가 없어 안심하기는 이르다. 다만 기초통계 개념들과 기술통계를 공부하면서 통계는 어렵고 재미없다는 나의 선입견이 많이 해소되고 있는 것은 참 다행으로 생각한다. 아직 상담에서 사용하는 각종 검사나 측정 도구를 제대로 알지 못하지만, 언젠가 그들을 만날 때를 대비해 차근차근 준비하는 것이 통계학 공부라고 생각하면, 통계의 그 딱딱한 공식과 숫자에서 인간의 숨결을 느끼게 된다.

야생화 한 송이의 힘

양평 읍내의 하나로마트에 갔다. 아내가 발을 다쳐 깁스를 했기 때문에 혼자 가야 했다. 과일과 채소 등 아내가 사라고 적어 준 것들을 카트에 담아 계산대를 거쳐 출입구를 나서려는데 꽃 진열대가 눈에 들어왔다. 아마도 오래전부터 그곳에 있었을 텐데 그동안 무심히 지나쳤던 듯하다.

진열대에는 소박하고 수수한 조그만 꽃들이 작은 화분에 담겨 있었다. 가격은 3천 원에서 5천 원 정도. 싱싱해 보이는 보라색 꽃 한 포기를 골랐다. 꽃송이가 5~6개 정도에 아직 피지 않은 꽃망울들이 달려 있었다. 한 손안에 쏘옥 들어올 정도로 작은 화분에 작은 꽃이었다. 진열대에 꽃 이름이 적혀 있었지만 자세히 보지 않았다.

시골 산자락 전원주택에 사는 우리 부부는 봄이 오면 근처 화원으로 가서 꽃과 나무를 사와 정원에 심고 가꾸는 일이 중요한 일과이다. 대부분 여자들이 그렇듯 아내는 꽃을 무척 좋아한다. 봄부터 가을까지 꽃집에 너무 자주 가자고 해서 다투는 일도 있다. 꽃집에 갈 때는 나는 그저 운전기사에 불과하다. 아내를 태워 주고 꽃집에서 어슬렁어슬렁 꽃나무들을 대충 구경하다 아내가 골라 놓은 꽃을 싣고 집으로 온다. 그러고는 꽃을 심는 일은 주로 내 몫이다. 화단에 꽃을 심거나 텃밭의 흙을 파서 모래와 섞어 화분에 옮겨 심는 일이 생각보다 번거롭고 힘들어 짜증을 내기도 한다. 그러다 보니 내가 먼저 적극적으로 꽃을 사는 일은 거의 없다. 마트에서도

110

꽃이 내 눈에 들어오는 경우는 거의 없었다.

그런데 이날은 조그만 꽃들이 내 눈에 들어왔고 더구나 꽃을 사기까지 한 것이다. 아내도 옆에 없이 혼자인데도 말이다. 마트에서 집까지 10여 분간 차를 몰고 오면서 나의 생각은 트렁크 안 상자에 담긴 조그만 보라색 꽃을 떠나지 않았다. 그리고 왠지 슬그머니 웃음도 나왔다. 내가 이렇게 꽃을 좋아했나?

집에 오니 아내는 자기 방에서 나와 보지도 않는다. 발에 깁스를 한 탓이 크지만 그렇다고 아예 걸을 수 없을 정도는 아닌데도 말이다. 그러나 충분히 예상한 일이었다. 사실 내가 꽃을 산 것도 이런 사태를 예견했기 때문이라고 할 수 있었다.

요 며칠 우리는 좀 불편한 분위기였다. 아내가 발을 다쳐 집안일을 제대로 못하게 된 것이 이유였다. 아내는 내가 적극적으로 도와주지 않는 것이 섭섭했고, 나는 아내의 상태가 그리 심각하지도 않은데 좀 오버한다고 여겼다. 병원에서 엑스레이 검사를 했을 때 뼈에는 아무 이상도 없다고 했는데 굳이 MRI 검사까지 해서 아주 미세한 골절을 찾아내 깁스를 하고 보조 보행기까지 사용하게 된 것이다. 내가 보기에는 그런 대로 멀쩡하던 사람이 갑자기 중환자가 돼 버린 것이다. 그러니 설거지 같은 집안 살림을 흔쾌히 할 마음이 잘 나지 않았다. 게다가 아내가 우리 집 고양이한테 정신이 팔려 현관 입구에서 넘어지는 바람에 발을 다친 것도 나의 기분을 언짢게 만들었다. 나는 이 고양이를 별로 좋아하지 않았다. 치료를 위해 일주일에 한 번씩 서울의 병원까지 아내를 차로 모시고 다녀야 하는 일도 번거로웠다. 가까운 양평의 병원을 마다하고 굳이 멀리 서울의 단골 병원을 고

집하는 아내가 좀 얄밉기도 했다.

이런저런 일로 요 며칠 나의 표정이 별로 밝지 않고 말도 별로 없으니 아내는 아내대로 미안한 마음과 섭섭한 마음이 쌓였던 모양이다. 그러다 보니 우리는 냉전 아닌 냉전 상태였고, 그런 상태에서 내가 마트를 가게 된 것이다. 마트에서 산 식료품들을 들고 현관문을 열고 거실로 들어섰는데도 아내는 기척이 없었다. 방문을 노크해도 답이 없다. 나는 보라색 꽃을 들고 방문을 열었다. 아내는 침대에 누워 있었다. 아무 말 없이 내 쪽으로 시선을 돌린 아내는 내 손에 든 꽃을 보고는 "아~~" 하고 감탄을 지르며 침대에서 그야말로 벌떡 일어섰다. 그러고는 눈물까지 흘리는 것 아닌가!!

순간 나는 마음이 갑자기 환해지는 걸 느꼈다. 아내도 분명 나와 같은 마음이었을 것이다. 며칠 동안 우리를 누르고 있던 무겁고 칙칙하고 끈적끈적한 마음이 한순간에 사라지는 것이었다. 아내는 불쑥 방으로 들어온 조그맣고 예쁜 꽃에서 나의 마음을 읽은 것이었다. 평소 꽃을 그렇게 좋아하지도 않는 내가 왜 오늘은 이 작은 꽃에 눈길이 갔고 선뜻 사게 됐는지를 나도 아내의 눈물에서 분명하게 알게 되었다.

우리는 커피 한 잔씩을 앞에 놓고 거실 소파에 나란히 앉았다. 아내는 보라색 꽃을 손에서 놓지 않았다. 우리는 많은 이야기를 나누었다. 각자의 마음을 솔직하게 털어놓았다. 왜 화가 났고 왜 섭섭했고 왜 앞으로 평생 말도 하지 않을 것이라고 내심 다짐했는지를 때론 웃어 가며 때론 화를 내 가며 이야기를 했다. 말을 할수록 우리의 마음은 평온해졌다. 우리는 한 가지를 약속했다. 싸울 땐 싸우자. 다만 말을 하면서 싸우자. 마음 속 문제나 고통은 밖으로 드러내는 순간 반은 해결된 것이나 마찬가지일 것이다.

저기 그곳에 내가 서 있네

마음속에 있을 땐 감당하기 어려워 보이는 문제도 드러내 놓고 보면 대개는 보잘 것 없어진다. 이것도 상담에서 말하는 자기개방 아닐까.

우리의 대화를 들으며 보라색 꽃이 웃는 듯했다. 이 조그만 꽃의 이름은 '오브코나카'라는 생소한 접두어가 붙은 앵초였다.

손흥민의 그 눈빛

"스스로 통찰의 체험이 없는 상담자가 내담자를 진정한 통찰의 길로 이끌 수 있을까."

상담의 핵심은 내담자로 하여금 어떤 통찰에 이르게 하는 것이라는 게 상담을 공부하기 시작하면서 든 나의 생각이었다. 일단 통찰에 이르게 되면 문제의 원인을 알게 될 것이고, 그러면 어떻게든 문제 해결의 길은 열릴 것이라고 믿기 때문이다.

그런데, 나는 나 자신의 내면에 대한 통찰의 체험이 거의 없었다고 생각했다. 실제로 통찰이 없었는지, 아니면 통찰이라고 할 만한 게 있었지만 그게 통찰이라고 스스로 느끼고 깨닫지 못하고 있는 것인지는 모르겠다. 어쨌든 나는 통찰이 무엇인지, 통찰의 순간 어떤 느낌이 드는지, 통찰 이후 행동은 어떻게 달라지는지 등을 생생하게 경험해 본 기억이 없었다.

통찰의 기억이 없다는 사실은 어찌 보면 역설적으로 나의 삶이 무난하고 건강했다고 말할 수도 있을 것이다. 실제로 나는 그동안 나의 삶이 비교적 순탄하고 큰 우여곡절이 없었다고 생각한다. 나의 성격이나 가치관, 사회생활 등도 무난한 편이었고, 나 자신의 문제로 크게 고통스러워한 적도 별로 없었다고 생각한다. 물론 이건 어디까지나 내 생각이고 다른 사람들이 나를 어떻게 생각하는지는 잘 모르겠다.

문제는, 상담학을 공부하면서 이런 나 자신이, 도대체 통찰이라는 걸 체험해 보지 못한 나 같은 사람이 과연 타인을 통찰의 길로 이끌 수 있을까 하는 의문이 떠나지 않는다는 사실이었다. 축구를 해 본 경험이 없는 사람이 축구 이론을 아무리 잘 안다고 해도 과연 훌륭한 코치가 될 수 있을까. 등산의 고통과 즐거움, 정상에 올랐을 때의 짜릿한 느낌을 느껴 보지 못한 사람이 과연 훌륭한 등산 가이드가 될 수 있을까. 상담학자나 상담자들도 대부분 다른 전문가들로부터 개인 상담을 받는다는 사실은 그만큼 직접적인 체험이 중요하다는 것 아닐까.

학교 수업에서 통찰에 관한 이야기가 나왔을 때 나는 과감히 손을 들고 질문을 했다. 교재에는 통찰의 예들이 쭈욱 나열돼 있었다.

"나는 교재에 나오는 이런 내용의 통찰을 전혀 느껴 본 적이 없다. 내가 아무 문제 없다고 생각해서 그런 것은 아닌가. 그런데 문제가 없다고 생각하는 바로 이게 문제는 아닌가."

강의실에는 잠시 웃음이 터져 나왔다. 그러나 교수님은 의미 있는 질문이라고 했다. 나는 '나의 문제가 탐색해 볼 만한 문제구나.'라는 위안을 받았다.

그랬는데, 수업이 있고 난 이틀 뒤 영국 프로축구 프리미어리그 토트넘에서 활약하고 있는 손흥민의 경기가 있었다. 나는 축구를 잘하지는 못하지만 보는 것은 아주 즐기는 편이다. 손흥민도 좋아한다. 전년도에 리그 득점왕에 올랐던 손흥민이 이번 시즌에서는 개막 후 여덟 경기째 골을 넣지 못해 온갖 비난에 시달리고 있었다. 그의 경기를 빠트리지 않고 중계를 보고 있는 나도 안타깝기 그지없었다. 아홉 번째 경기에서 손흥민은 결국 선발에서 제외되고 후반에 교체 멤버로 투입됐다. 벤치에 앉은 그가 느꼈을 굴욕감과 처절함이 나에게도 그대로 전달되는 것 같았다.

후반에야 교체 멤버로 경기장에 들어선 손흥민은 얼마 되지 않아 드디어 첫 골을 터뜨렸다. 그것도 환상적인 중거리 슛이었다. 토트넘 홈구장은 그야말로 열광의 도가니였다. 그런데 나에게 놀라운 일은 그 다음에 펼쳐졌다. 당연히 특유의 카메라 세레머니를 하며 껑충껑충 기뻐해야 할 손흥민은 그 자리에 얼어붙은 듯 가만히 서서 고개를 숙이는 것이었다. 해리 케인을 비롯해 모든 동료 선수들이 달려와 그를 얼싸안았지만 손흥민은 가만히 하늘을 쳐다볼 뿐이었다.

중계 카메라에 잡힌 손흥민의 그 눈빛, 그걸 보는 순간 나는 전율했다. 기쁨도 감격도 슬픔도 쾌재도 아닌, 아니 어쩌면 그 모든 걸 담고 있는 듯한 그의 눈빛은 나의 가슴에 깊이 새겨져 며칠이 지나도록 지워지지 않았다. 아마도 손흥민 자신도 그 순간의 감정을 정확히 알지 못했을지도 모른다. 득점왕이라는 최고의 영광에 이어 찾아온 온갖 수모를 받으며 체험한 세상의 이치, 그 이치를 알고 난 후에 듣게 되는 관중들의 환호와 박수는 분명히 전과는 달랐을 것이다. 일순간 몸과 마음이 정지하면서 그 모든 감정이 눈빛에 담긴 것은 아닐까.

상담 면접이란 무엇일까. 결국은 내담자의 마음을 읽고 공감하려는 과정 아닌가. 내담자를 통찰로 이끌려면 우선 공감의 단계를 거쳐야 할 것이다. 그 공감에 도달하는 데는 언어를 통한 대화가 중요하겠지만 때로는 '눈빛' 하나가 더 강렬한 힘을 발휘하는 것은 아닐까. 때론 백 마디 말보다 순간의 눈빛이 더 많은 언어를 쏟아 내고 있는 것은 아닐까. 문제는 그 눈빛이 담고 있는, 발산하고 있는 메시지를 함께 느끼는 일일 것이다. 그 방법

저기 그곳에 내가 서 있네

과 길은 여전히 잘 모르겠다. 그게 배운다고 가능한 일인지도 확신이 없다. 다만 나는 손흥민의 그 눈빛에서 나에게도 공감의 잠재력이 있구나, 공감을 통한 통찰도 가능하겠구나 하는 한 줄기 빛을 본 느낌이었다.

어느 날의 단상

이번 주는 수업 경험보고서 쓰기가 쉽지 않다. 무엇을 쓸 것인지가 좀체 잡히지 않는다. 쉬운 말로 '거리'가 없다.

왜 그럴까.

우선은 최근 얼마 동안 나의 감정에 어떤 자극을 주는 일이 거의 없었던 것 같다. 뭔가 깊이 생각하게 만든 일도 없었다. 생활이 평온하고 그래서 감정과 생각도 편안한 시간이었던 모양이다.

그게 모두일까.

외부의 여건이 평온하면 나의 내면도 더불어 편안해지는 걸까. 분명히 그런 점도 있을 것이다. 그러나 그보다 더욱 중요한 것은 정신적 역동성의 문제가 아닐까.

아무리 외부 환경이 무사태평하고 편안하더라도 나의 정신이 살아 꿈틀 대고 생동하고 있다면 내면의 바다가 이토록 고요하고 무감각할 수 있을 까. 몸과 마음과 생활이 안정적이고 평온한 것은 분명 좋은 일일 것이다. 복 받은 일일 수도 있다. 그러나 그렇다고 해서 감성과 감각과 이성마저 편안하게 무디어져 간다면 그게 과연 좋은 일이기만 할 것인가. 이런 평온 함은 종국에는 삶의 공허함으로 귀결될 위험이 크다는 것이 실존주의자들 의 경고 아닌가.

나는 지난 얼마 동안 대학원 수업 등으로 나름대로 바쁘고 긴장된 생활

　　　　　　　　　　　　저기 그곳에 내가 서 있네

을 해 왔다. 나의 편안한 삶이 흔들리고 있다는 느낌도 들었다.

삶이 바쁘고 긴장되니 안정으로 돌아가고 싶은 본능적 욕구가 작동했을 수도 있을 것이다. 그런 욕구가 나의 감정과 생각을 편히 쉬게 만들고, 그걸 들여다보고 관찰하는 작업까지 둔하게 만들었는지도 모르겠다.

그러나 이제 또 그런 안정감이 나를 불만스럽게 만들고 있는 것이다.

정신적-정서적 안정감과, 뭔가 새롭고 창의적인 것을 향해 나아가려는 정신적 역동성, 이 둘은 묘한 대립 관계를 이루면서도 나의 삶에서 반드시 필요한 것들이고, 이 둘이 조화로운 균형을 이루는 것이 진정한 행복으로 가는 지혜임을 느끼게 된다.

최고의 상담 스승들

내가 다닌 상담대학원 상담학과의 같은 학번 입학생은 20명이었다. 휴학이나 복학하는 학생들이 있어 학기마다 한두 명의 차이는 있는 듯했다.

입학해서 처음으로 학우들이 모였을 때 나는 좀 놀랐다. 20명 중 18명이 여성이었고 남자는 나를 포함해 2명뿐이었다. 그나마 있던 남자 한 명도 외국 학생이었다. 좀 난감했다. 대학을 졸업한 지 40여 년이 지나 다시 캠퍼스 생활을 하는 것 자체만으로도 어색할 수밖에 없는데 온통 여성 천하라니! 마음을 나눌 만한 남성 동지는 없었다.

대학 시절에도 우리 과에는 여학생이 별로 없었다. 나의 직장도, 요즘은 그렇지 않지만, 내가 다닐 때는 여성이 드문 곳이었다. 학교나 직장에서 여성들과 터놓고 친하게 지내는 것이 익숙지 않았던 것이다. 그런데 이제 나이 차이가 한참 나는 젊은 여성들과 어울려 공부를 해야 할 처지이니 학과 분위기에 잘 어울릴 수 있을지 걱정이 되는 것이었다. 주위에서 부럽다고 놀려 대는 농담에 웃을 수만도 없었다.

그런데 이런 걱정은 정말 기우가 됐다. 학우들은 나를 편하게 대해 주었고 배려해 주었다. 회식 자리에는 빠트리지 않고 불러 주었고, 가볍게 커피 한잔하는 자리에도 나를 챙겨 주었다. 방학 때 독서서클을 만들면서도 나를 끼워 주었다. 나를 '왕오라버니'라고 부르며 놀려 대기도 했지만 친밀감의 표시로 여겨졌다. 학과 카톡방에는 학교생활에 필요한 정보와 지식들이 공유되고 있어 소외감을 느끼지 않을 수 있었다. 방학 때는 우리 집 전원주택으로 몰려와 밤새 모닥불 주위에서 이야기하고 노래 부르고 서로의 고민을 털어놓기도 했다. 학우들은 나를 나이 든 어려운 사람으로 여기지 않았다.

학과 분위기가 이렇게 따뜻하고 포용적일 수 있었던 것은 학우들 한 명 한 명의 성격과 인격이 훌륭한 것이 가장 큰 이유일 것이다. 거기에다 우리가 상담학을 공부하는 공동체라는 사실도 학과 분위기를 결정짓는 큰 이유라고 생각했다. 우리가 학교에서 배우는 모든 과목과 공부는 사실 사람의 마음을 탐색하고 받아들이고 공감하는 것이었다. 그것을 이론으로만 배우는 것이 아니라 실습을 통해 실제로 느끼고 살펴보는 것이었다. 학교에 오면, 아니 학교 밖에서도 가장 가깝게 지내는 학우들이야말로 우리가 마음을 살피고 공감해 주어야 할 사람들이었던 것이다. 자신과 타인에 대해 알아보고 싶은 마음이 있는 사람이어야 상담을 공부해 볼 생각을 낼 것이다. 그런 사람들이 상담학과 학우들이었고, 그들의 이런 마음은 공부를 할수록 깊어지고 있었던 것이다.

입학 후 첫 학기의 집단상담 수업 첫 시간이었다. 교수님은 대뜸 학생들을 3인 1개 조로 나누어 각자의 마음을 이야기해 보라고 했다. 자신의 나이, 직업, 졸업한 대학과 전공, 사는 곳 등은 일절 말하지 말라고 했다. 일종의 자기소개 시간인데 이런 걸 말하지 않으면 무얼 말하지? 나는 대학을 졸업한 지 수십 년 만에 대학원에 들어오니 긴장도 되고 기대도 된다는 식으로 말하다 몇 년도에 대학에 들어갔고 그때 대학 분위기는 어땠다는 식으로 이야기를 했다. 그때 교수님은 나의 어깨를 치며 그런 이야기는 하지 말라고 했다. 아차, 이건 내 나이가 드러나는 이야기일 수 있겠구나 싶었다.

이날 첫 수업의 취지를 나는 이렇게 이해했다. 나 자신이나 타인을 인식할 때 나이, 직업 등 객관적 조건을 걷어 내라. 거기에 머무르면 사람의 진정한 내면을 바라볼 수 없게 된다. 그러한 객관적 조건을 빼고 나의 내면을 드러낼 수 있는 이야기를 해 보아라. 그게 상담의 출발이다.

상담학과 학우들은 나를 그 어떤 조건적 인간으로 대하지 않았다. 나의 나이, 전 직업, 학력, 사는 곳, 가족 관계 등은 나를 판단하는 기준이 되지 않았다. 아니 아예 나를 판단하려고 하지를 않았다. 있는 그대로의 나를 그대로 받아들이고 존중해 주었다.

30~50대의 여성들인 학우들은 삶의 태도에서도 나를 감동시켰다. 이들은 대개 직장인이자, 아이를 키우는 어머니이고, 살림을 사는 주부였다. 거기에 대학원 공부가 보태진 것이다. 1인 3~4역 이상의 역할을 하고 있는 것이다. 그런데도 야간의 수업에 빠지는 사람을 보기 드물었고, 과제도 멋지게 해냈다. 상담 공부를 하는 자신과, 자신의 변화를 지켜보며 기뻐하는 가족들에게 늘 감사하고 있었다. 시간이 남아돌아 공부만 하면 되면서도 열심히 하지 않는 나는 이들 앞에서 부끄러워졌다. 학우들은 나에게 훌륭한 상담 스승이 되어 주었다.

저기 그곳에 내가 서 있네

3

저기 그곳에 내가 서 있네

다시는 오지 마

노인복지회관에 자원봉사를 신청했다. 상담대학원 재학 중임을 밝히고 노인들에게 상담을 해 주고 싶다고 했다. 담당자는 좀 망설이는 기색을 보이더니 일단 신청서 양식을 주면서 써 내라고 한다. 그러면서 한마디 덧붙였다.

"여기 노인분들 중 상담하겠다는 분이 안 계세요. 혹시 원하는 분이 계시면 연락드릴게요."

나도 잘 알고 있는 사실이었다. 노인들의 상담에 대한 인식이 부정적이거나 아주 낮다는 사실은 상담 분야에서는 상식이었다. 대체로 노인들의 사고가 굳어 있어 상담하기도 어렵고, 그래서 젊은 상담자들은 노인 내담자를 별로 환영하지 않는다는 사실도 비밀이 아니었다. 그래서 나같이 나이 든 사람이 노인 상담을 전공하는 것이 필요하겠다는 것이 나의 생각이었고, 그래서 노인복지회관을 찾은 것이다.

얼마 후 복지관에서 연락이 왔다. 80대 어르신 한 분이 부인이 몇 달 전 돌아가셨는데 매일 공원묘역에 가서 몇 시간씩 울기만 하면서 지내고 있다는 것이다. 독거노인이라 보살펴 주는 가족도 없다고 했다. 먹는 것이나 기초 생활품은 복지사들이 챙겨 드리고 있는데 아무래도 심리 상담이 필요한 것 같아 연락을 한다는 것이었다. 그분이 상담을 신청한 것이 아니라 복지관에서 자체 판단으로 상담을 제공하려는 것이었다.

"하, 이것 상당히 어려운 상담이겠는데…."

나는 그때까지 상담다운 상담을 해 본 적이 거의 없었다. 특히 가족이나 가까운 사람이 사망한 사람을 대상으로 하는 애도 상담은 전혀 경험이 없었다. 그래도 한번 해 보고 싶은 욕심이 생겼다. 상담을 배우고 있는 학생에게는 찾아오기 드문 기회라는 생각이었다. 마침 그분의 집이 우리 집에서 멀지 않았다.

복지관 상근 상담사와 함께 그분의 집을 방문했다. 겨울이 다가왔는데도 방바닥은 싸늘했다. 기름이 아까워 보일러도 잘 틀지 않고 전기장판 한 장으로 버틴다고 했다. 처음엔 좀체 말문을 열지 않으려던 할아버지는 내가 집요하게 이것저것 묻자 짧게 답하기 시작했다. 할머니와의 추억을 묻자 "고생만 하다가 갔다. 나도 빨리 가야 한다."고 했다.

내가 묻지 않으면 아무 말도 하지 않으니 뭐든 묻지 않을 수 없었다. 논과 밭은 얼마나 있느냐, 도시에 나가 있는 자식들의 형편은 어떤가 등등. 완전히 호구조사 같은 문답이 이어졌다. "그래도 힘을 내셔야지요." 같은 위로의 말을 건네면 "빨리 죽어야지."라는 답만 돌아왔다. 그래도 40~50분 정도 이야기를 나눈 뒤 "다음 주에 다시 찾아오면 될까요?"했더니 "다시 오지 마."라고 했다. 어쨌든 적당할 때 다시 오겠다고 하고는 집을 나왔다. 함께 있던 상근 상담자는 "고생했다."면서 일단 상담 보고서를 써 내라고 했다.

그리고 일주일 뒤 다시 그 집을 찾아갔지만 비어 있었다. 전화도 받지 않았다. 현관문 앞에는 복지사가 두고 간 듯한 음식이 놓여 있었다. 1주일 뒤 다시 찾았지만 여전히 집은 비어 있었다. 아마도 공원묘역에 간 듯했다. 그리고 세 번째 다시 찾았더니 마침내 그분이 계셨다. 지난번에 왔던 상담자라고 반갑게 인사했더니 대뜸 "나가!"라고 고함을 쳤다. 그리고는 차갑게 내뱉었다. "아무 도움도 주지 않으면서 말만 시키고 말이야."

일단 대문 밖에서 10분쯤 서성이다 다시 집 안으로 들어갔다. 그분이 좀 미안한 마음이 들지 않았을까 하는 기대가 있었다. 그러나 나를 보자마자 "왜 안 갔어. 당장 나가."라고 고함을 쳤다. 별수 없이 물러나지 않을 수 없었다. 그리고 최종 보고서를 써냈다.

"현재 내담자는 극구 상담을 거부하고 있다. 시간이 필요해 보인다. 지금 그에게 필요한 것은 심리상담보다는 복지 차원의 돌봄이라고 판단된다."

그 후 그분에게는 아마도 나보다 훨씬 실력 있는 상담자가 찾아갔을 것이다. 지금도 그분의 집 근처를 지날 때는 가슴이 아려 온다. 내가 얼마나 서툰 상담자였는지, 내담자의 심리 상태를 제대로 파악하지도 못한 채 상담 효과만을 생각해 마구 질문을 쏟아 낸 것은 아닌지, 진정한 공감의 노력을 기울여 봤는지. 언젠가는 그분을 찾아가 안부만이라도 여쭙고 싶다. 너무 늦기 전에.

저기 그곳에 내가 서 있네

아내의 심리검사

나는 평소 심리검사란 것에 대해 별로 신뢰하지 않는 편이었다. 사람의 성격과 마음, 심리 상태를 이런저런 문답을 통해 범주화하고 나아가 병리적 단계인지의 여부까지 진단하는 것이 과연 타당한지 의문이었다. 심리검사에 사용되는 질문 자체가 응답자가 답하기 애매하거나 추상적인 경우도 적지 않다고 생각했다. 게다가 사람의 마음이란 게 끊임없이 변하는 것일 텐데 한순간의 상태로 그 사람을 파악하고 규정지어도 되는 것인가. 무엇보다도 그런 검사로 사람을 이렇게 저렇게 분류하고 분류 항목에 따라 사람을 특징짓고는 그런 시각으로 그 사람을 바라보고 이해한다는 것이 영 마음에 들지 않았다.

그러나 상담학을 공부하면서 심리검사 과목을 배우지 않을 수는 없는 노릇이었다. 실제로 상담 현장에서는 각종 심리검사가 폭넓게 활용되고 있다. 요즘은 MBTI라는 심리검사를 모르고는 웬만한 자리의 대화에 끼일 수 없을 지경이기도 하다. 심리검사를 비판하더라도 좀 더 알아보고 비판하자는 생각에 심리검사 과목을 듣기로 했다. 첫 시간에 왜 이 과목을 들으려고 하는지 각자 이야기할 때 나는 비판하더라도 알고 비판하기 위해 들으려고 한다고 했다. 교수님은 그러려면 더욱 열심히 공부해야겠다고 격려해 주었다.

공부를 해 가면서 나의 선입견은 허물어지기 시작했다. 각종 심리검사가 생겨난 배경과 취지를 알고는 고개가 끄덕여졌다. 대부분 검사의 구조와 문항이 매우 과학적으로 설계돼 있다는 사실도 신뢰감을 주었다. 무엇보다 검사의 결과를 어떻게 해석하는지가 절대적으로 중요하고 그것이 상담자의 능력을 판가름한다는 사실도 알게 됐다. 검사의 결과 수치를 기계적으로 해석하고 맹신하는 것이야말로 위험하기 짝이 없는 일이다. 심리검사는 심리 평가의 한 보조 수단이며 참고자료일 뿐이다. 심리평가는 검사 외에 내담자와의 면담이나 다른 여러 상담 방법과 병행돼야 한다. 심리검사에서 같은 점수가 나와도 해석은 내담자의 상황에 따라 다르게 나올 수도 있는 것이다. 요컨대 심리검사는 실시 요령도 중요하지만 무엇보다 해석을 매우 신중하게 해야 한다는 사실은 아무리 강조해도 지나침이 없을 것 같다.

심리검사 수업에서는 주로 각종 검사의 실습이 이루어졌다. 나는 나와 아내를 대상으로 일곱 가지의 심리검사를 실시해 보았고 그 결과를 심리평가보고서로 작성해 제출했다. 아내에 대한 심리평가보고서에는 MMPI Ⅱ(다면적 인성검사), MBTI, Ego-Okgram, 한국형에니어그램, HTP(집 나무 사람 검사) 등의 결과가 인용되었다.

아내는 자신에 대한 심리검사 결과가 포함된 심리평가보고서를 보고 "어떤 사람보다도 나의 내면을 잘 알아주는 것 같다."고 했다. 검사 결과 수치와 분석 내용이 자신이 어렴풋 짐작하고 있던 자신의 상태를 정확히 진단해 내고 처방까지 제시한 것을 보면서 큰 위안을 느꼈다는 것이다. 아내는 "검사가 마치 나에게 문제를 알려 주고 위로해 주면서 격려하는 따뜻한 사람같이 느껴진다."고 했다.

심리평가를 통해 아내가 알고 싶어 한 사항, 즉 의뢰사항은 "나는 어떤 성격의 소유자인가?", "내가 느끼는 우울감과 무기력감은 어디서 오는 것이고, 어느 정도 심각한 것인가?" 등이었다. 아내의 호소 문제는 "온몸이 아파요.", "모든 걸 남편에게 너무 의존해요.", "때론 집안의 나무가 나를 공격하는 것 같아요.", "남편이 좋지만 혼자만의 시간을 갖고 싶어요." 등이었다.

아내는 시골 생활을 좋아하는 스타일이 아니었지만 나를 따라 전원으로 들어왔다. 처음엔 전원생활이 즐겁기도 했지만 시간이 갈수록 주변 사람들과의 접촉이 거의 차단되는 데다 몸에도 아픈 곳이 늘어나면서 자신의 삶이 위축되고 그래서 우울감과 무력증을 느끼기도 한다고 나에게 종종 토로하고 있었다.

검사 결과 아내는 건강염려증, 우울증, 강박증, 사회적 내향성 등에서 비교적 높은 수치를 보였다. 평소 생각하던 것이 검사 수치로 확인된 셈이었다. 성격적으로는 책임감이 강하고 헌신적이며, 조용하고 차분하며 자신과 타인의 감정 흐름에 민감하다고 해석되었다. 이런 성격적 특징이 아내의 내향성 등과 관련되어 있겠지만, 한편으로는 이런 성격의 장점을 문제해결의 유용한 자산으로 활용할 수 있을 것이라고 나는 평가보고서에 적었다.

심리평가자로서 내가 아내에게 제안한 치유책은 "적극적으로 자기 개방을 하라.", "건강 회복에 집중하라.", "전원주택을 떠나 사람들 속으로 들어가라." 등이었다. 아내는 무엇보다 전원주택을 떠나라고 한 처방에 화색이 만연했다. 사실 그동안 전원주택이 마치 감옥처럼 느껴질 때도 있었지만 내가 워낙 좋아하는 것 같아 제대로 이야기를 못 했는데 그게 마음의 응어리가 된 것 같다는 이야기였다. 나는 그동안 아내도 그런 대로 전원생활을 즐기는 줄로만 알았지 그렇게까지 속으로 힘들어하고 있는지를 눈치 채지 못했다. 아내는 무엇보다 심리검사를 통해 "전원에서 탈출하고 싶다."는 내심을 가감 없이 솔직하게 털어놓을 수 있었던 것이 가장 속 시원한 일이었음에 틀림없었다.

그 이후 우리는 이사 갈 계획을 짜기 시작했다. 다만 전원주택의 매매가 도시의 아파트처럼 금방 이루어지는 것이 아니라 다소 시간이 걸릴 것이라고 예상했다. 그런데 아내에게서 미묘한 변화가 일기 시작했다. 전원생활을 그만두고 싶다는 이야기를 털어놓고 이사 갈 계획까지 짜기 시작하면서 반드시 도시로 가야겠다는 생각이 점차 약해진다는 것이다.

감정과 생각을 속으로 꾹꾹 누르지 말고 밖으로 표현하는 것으로부터 치유는 시작된다는 것이 상담의 출발이다. 자신의 고통을 정확히 알고 표현하는 순간 그 고통은 멈춘다고도 한다. 아내가 그랬다. 우리는 다시 도시로 나갈 것인지, 전원에 남을 것인지 고민 중이다.

저기 그곳에 내가 서 있네

군(軍)을 찾아가는 길

나는 지금 한 시간이 넘게 휴전선 근처를 헤매고 있다. 강원도 최전선을 지키는 한 대대 본부를 찾아가는 길인데 자동차 내비게이션으로는 도대체 찾을 수가 없다. 부대에서 미리 받은 주소를 입력해서 찾아가 보면 군부대는 보이지 않는다. 눈에 보이는 근처의 부대로 찾아가 보아도 내가 찾는 부대가 아니다. 민통선 안이라 그런지 지나다니는 사람도 찾기 어렵다. 어쩌다 지나는 사람이 있어 반갑게 불러 보면 우리말을 하지 못하는 외국인이다. 상담 약속 시간은 다가오는데 어디가 어디인지 알 수가 없으니 당황스럽기 그지없다. 평소대로 내비의 기능을 굳게 믿은 것이 큰 실책이었다. 민통선 안 휴전선 근처에서는 주소만으로 정확한 지점을, 그것도 군부대를 찾기가 어렵다는 사실을 그제야 알게 된 것이다.

나는 한국군상담학회가 주관하는 군 간부들을 대상으로 한 집단상담의 지도자로 참여하게 됐다. 이날은 부사관과 장교 10여 명을 대상으로 '진정한 승리'라는 주제로 집단상담을 실시할 계획이었다. 이를 위해 나는 군상담학회가 실시하는 사전 교육을 받고, 보조 진행자로도 참여해 현장 분위기를 익혔다. 그리고 드디어 이날 처음으로 지도자로서 집단상담을 이끌게 된 것인데 약속 시간도 제대로 못 지킬 지경으로 정신없이 헤매고 있으니 그야말로 죽을 맛이었다.

우여곡절 끝에 간신히 약속 시간에 맞춰 군부대에 도착했다. 헐레벌떡 상담 장소에 들어가니 10여 명의 참가자들이 정자세로 나를 기다리고 있었다. 당초 나는 상담을 시작할 때 무슨 이야기를 하고, 진행을 어떻게 할 것인지 등에 관해 나름대로 꽤 치밀하게 준비를 했었다. 지도자로서의 첫 상담이니 긴장을 하지 않을 수 없었다. 그런데 정신없이 상담 장소로 뛰어들어서자 아무 생각도 나지 않았다. 그리고는 전혀 생각지도 않았던 첫마디가 나의 입에서 튀어나왔다.

"여러분, 나 오늘 정말 죽는 줄 알았습니다. 여기 찾아오는 길이 왜 이렇게도 힘듭니까. 아이고… 저한테 박수 좀 쳐 주세요."

그러자 긴장된 표정으로 앉아 있던 참가자들은 한순간에 웃고 떠들며 힘찬 박수를 쳐 주었다. 그 순간에 그들과 나는 하나가 되는 느낌이었다. 상담자가 먼저 있는 그대로의 자신과 감정을 드러내자 그들도 마음이 저절로 열리는 듯했다.

우리의 상담 주제는 군이라는 특수한 집단에서도 자기 자신을 탐색하고 자기를 실현하는 노력이 중요하다는 사실을 체험하게 하는 것이었다. 진정한 군인정신도 무조건 자신을 억압한 채 집단이 요구하는 인간상에 자신을 맞추는 것이 아니라, 자기 자신의 특성을 충분히 살리면서 전체가 조화를 이루어야 한다는 것이다. 자기 자신을 이해하지 못하는 사람이 어떻게 동료나 부하를 진정으로 이해하고 도와줄 수 있겠느냐는 것이다.

상담의 분위기와 참가자들의 반응은 내가 기대했던 것보다 훨씬 긍정적이었다고 자평했다. 여기에는 아무 생각 없이 내뱉은 나의 첫마디가 큰 힘이 됐음을 인정하지 않을 수 없었다. 아무 가식 없이 그때 그 순간의 내 모습을 있는 그대로 드러내는 것이 모두의 마음을 여는 열쇠가 됐다고 생각

저기 그곳에 내가 서 있네

하면 지나친 것일까.

오전 오후 두 차례의 집단상담을 마치고 돌아오는 길도 만만치 않았다. 여전히 내비의 안내는 동서남북 구분이 안 되었고, 이제는 자동차 기름과 휴대폰 배터리마저 간당간당했다. 초겨울 짧은 해는 뉘엿뉘엿 지는데 민통선 안에서 영락없이 미아가 될 지경이었다. 군 경계가 철통같은 지역이니 어쨌든 구조는 되겠지 하는 배짱으로 버텼다.

그러다 어찌어찌 하여 겨우 민통선을 벗어나 첫 주유소를 발견하고는 무조건 차를 들이댔다. 휘발유를 넣는 동안 마음씨 좋아 보이는 주인아주머니에게 휴대폰 충전도 부탁하고 화장실도 들렀다. 내가 너무 피곤하고 고생한 사람으로 보였는지 아주머니가 "커피 한 잔 타 드릴까요?"라고 물었다. 세상에서 제일 맛있는 커피를 마시며 "에고, 군 상담은 정말 어렵구나."라며 그제서야 긴 한숨을 쉬었다. 나의 표정과 어투에서 나의 상태를 읽어 내고는 말없이 따뜻한 커피 한 잔을 건네는 이 아주머니야말로 나에겐 세상 최고의 상담자로 보였다.

소리가 없는 세상의 언어

나는 청각장애인들이 사용하는 수화를 잠시 배운 적이 있다. 수화는 말 그대로 손의 다양한 동작을 통하여 의사소통을 하는 방법이다. 같은 손동작이라도 얼굴 표정이 달라지면 의미도 달라지게 된다. 수화 언어를 줄여서 수어라고 한다. 사람의 감각 기능 중 듣는 기능이 없는 사람에게는 언어를 통한 의사 표현이나 의사소통이 불가능하다. 그러니 비언어적 소통 수단인 수화가 발달할 수밖에 없었을 것이다. 만약 모든 인간이 애초부터 청각 기능이 없었다면 말 대신에 어떤 의사소통 수단을 발전시켜 왔을까.

내가 수화에 관심을 갖게 된 것은 청각장애 자녀를 키우는 한 어머니의 체험을 다룬 논문을 읽고 나서였다. 그 논문은 비장애인인 어머니가 장애 자녀를 키워 나가면서 겪게 되는 좌절과 극복의 과정, 사회적 편견과 지원 제도의 미비점 등을 체험적으로 다루면서 이 어머니의 심리 묘사와 분석에 초점을 맞추고 있었다. 상담학을 공부하고 있는 사람에게는 눈길을 끄는 논문이라고 할 수 있었다.

그런데 나는 이 논문을 읽으면서 자꾸만 청각장애인인 아이의 마음과 성장 환경이 궁금해졌다. 태어나면서부터 아무 소리를 듣지 못하는 이 아이는 소리로 표현되는 외부의 자극을 어떻게 인식하고 감정 체계를 만들어 갈까. 가령 이 아이는 어머니가 화를 낼 때도 말이 아니라 오롯이 어머니의 표정과 동작으로만 느끼게 될 것이다. 이것이 비장애인인 아이가 느

　　　　　　　　　　저기 그곳에 내가 서 있네

끼는 감정과 같을 수는 없을 것이다. 이 아이는 자신의 화를 드러낼 때도 말이 아닌 동작으로 표현해야 한다.

누구로부터 '슬프다.'라는 감정을 말로 전해 듣는 것과, 표정과 동작으로 전해 들을 때 동일한 마음 상태가 될까. '슬프다.'는 언어화된 감정이다. 누군가 '슬프다.'고 하면 우리는 더 이상 자세히 설명하지 않아도 그 감정을 안다고 생각한다. 나도 경험한 감정이라고 생각하기 때문이다. 누가 '미끄럽다.'고 했을 때, 미끄러움을 경험해 본 사람은 더 이상의 설명이 필요 없지만, 미끄러움을 체험해 보지 못한 사람은 그 느낌을 알 수가 없다. 그에게 "미끄러움이란 거침없이 저절로 밀려 나갈 정도로 번드러움."이라는 사전적 설명을 하면서 "두 물질 간의 마찰계수가 낮아서 이러쿵저러쿵."이라는 과학적 설명까지 덧붙여 본들 더더욱 이해하기 힘들어질 것이다.

청각장애인이 어떤 수화를 하면 비장애인들은 그걸 언어적으로 해석해서 받아들이게 된다. 반대로 비장애인의 언어적 표현은 비언어적 동작으로 통역되어 청각장애인에게 전해진다. 그런데 이 두 감정, 언어적으로 표현되는 감정과 비언어적으로 표현되는 감정이 과연 같은 것일까. 비슷하기는 하겠지만 다를 것이라고 나는 생각한다.

태어날 때부터 소리가 없는 세상에서 비언어적 수단으로 감정과 생각을 나누어 온 사람들은 감정과 사고의 체계가 비장애인과 어떻게 다를까. 나는 청각장애인들과 그들의 의사소통 방법으로 이야기를 해 보고 싶었다. 나는 정말 그들을 알지 못하고 있고, 알기 위해서는 그들의 비언어적 소통 방법을 알아야 한다고 생각했다. 그래서 수화를 배우기로 마음먹었다. 그러나 전문기관에서 배우기는 여러 가지 여건이 맞지 않아 유튜브로 기초를 배우기 시작했으나 오래가지는 못했다.

이런 과정을 통해 내가 깨달은 것은 내가 청각장애인에 대해서는 정말 아무것도 모를 수 있다는 사실이었다. 비유하자면 그들은 내가 전혀 가 보지 못한 세상의 사람들과도 같은 것이다. 내가 전혀 경험해 보지 못한 세상에서 온 사람에게 "당신 왜 그래?", "왜 그만한 일로 화를 내고 그래?" 이러지는 않을 것이다. 우선은 그들의 사고 체계와 문화 관습 등을 이해하려고 노력할 것이다. 우리가 낯선 외국에 갔을 때도 마찬가지일 것이다. 그들이 나에게 불편한 말과 행동을 했을 때 덜컥 화를 내기 보다는 '이들이 왜 이러지?'라고 생각해 볼 것이다. 그러나 서로 잘 안다고 생각하는 한국인들끼리는 이런 과정이 생략되기 마련이다.

우리가 타인에게 화를 내거나 충고를 할 때는 대개 상대를 안다고 생각하기 때문일 것이다. "그만한 일로…", "내 경험으로 볼 때는…." 등등의 말이 나갈 때는 이미 상대를 어느 정도 알고 있다는 생각이 깔려 있다. 상대의 성별, 나이, 교육 정도, 직업, 가정환경 등을 알고 나면 그 사람을 대부분 이해했다고 생각한다. 상대를 안다고 생각하는 데서 섭섭함이나 미움도 생겨난다.

그러나 내가 길지 않은 상담학 공부를 통해 비교적 확실히 깨달은 것은 사람은 모두 제각각 다르다는 사실이다. 나의 경험과 감정과 지식으로 파악할 수 있는 사람은 세상에 아무도 없다고 생각해야 한다. 어떤 사람이 어떤 말이나 어떤 행동을 할 때는 반드시 거기엔 그 사람만의 어떤 이유와 배경이 있게 마련이다. 그걸 내가 온전히 알 수는 없다. 이 점을 확실하게 해 두어야 그때서야 비로소 타인의 감정과 말과 행동을 수용하고 이해

저기 그곳에 내가 서 있네

하려는 노력이 시작될 수 있다. 자신이 무엇을 모르고 있는지를 아는 것이 진정한 앎이라는 진리가 여기서도 통하는 것이다.

'도파민네이션'

　사람은 왜 중독되는가. 상담을 배우는 과정에서 필수적으로 거치게 되는 것이 중독 상담이다. 알콜 중독이나 약물(마약) 중독 같은 물질 중독은 비교적 쉽게 그 증상이나 피해를 파악할 수 있다. 그러나 스마트폰 중독, 게임 중독, 운동 중독 같은 행위 중독은 중독의 범위를 규정하기도 쉽지 않다.

　중독 상담 공부를 하는 과정에서 눈에 띈 책이 《도파민네이션》이었다. 도파민네이션? '도파민의 나라'? '도파민공화국'? 아하, 그래! 모든 건 도파민이 문제지. 중독은 결국 쾌락에서 헤어나지 못하는 상태이고, 그 쾌락의 족쇄는 도파민이라는 신경전달물질이 쥐고 있는 것 아닌가. 그러나 이 책은 중독과 도파민 간의 상관관계에만 초점을 맞추지는 않는다. 그보다 훨씬 넓고 깊게 중독이라는 현상을 심리학적으로 뇌과학적으로, 나아가 사회문화적으로, 그리고 인간학적으로 분석하고 있다는 느낌이다.

　저자 애나 렘키는 미국 스탠퍼드대학교 의과대학의 정신의학-중독의학 교수이며 중독치료센터 소장이다. 저자는 중독 가능성을 측정하는 보편적인 척도로써 도파민이 활용되고 있음을 전제한다. 그러면서 "지난 한 세기 동안 신경과학 분야에서 손꼽히는 획기적 발견 중의 하나는 뇌가 쾌락과 고통을 같은 곳에서 처리한다는 사실."이라고 강조한다. 저자는 여기에 하나를 더 보탠다. "과학만으로는 부족하다. 우리에게는 사람들의 생생한 경험도 필요하다." 이 대목에서 이 책은 신경과학과 뇌과학의 영역을 넘어 상담학의 훌륭한 교재로도 등장하게 된다.

이 책은 쾌락과 고통을 동시에 다룬다. 인간의 뇌가 이 둘을 어떻게 조절하는지를 뇌과학에 기반하여 분석해 내고 있다. 어떤 물질이나 행위가 도파민을 더 많이, 더 빠르게 분비할수록 중독성은 더 크다고 평가된다. 그런데 쾌락과 고통은 저울의 서로 맞은편에 놓인 추처럼 작동한다는 것이 이 책의 핵심 메시지라고 할 수 있다.

우리가 쾌락을 경험할 때 도파민이 분비되고 저울은 쾌락 쪽으로 기울어진다. 하지만 저울은 수평 상태를 유지하려는 '자기조정 메커니즘'이 작동하게 된다. 쾌락 쪽으로 기울었던 저울이 반작용으로 수평이 되고 나면 거기서 멈추지 않고 저울이 고통 쪽으로 기울어지게 된다는 것이다. 오랫동안 과도하게 중독 대상에 기대면 쾌락-고통 저울은 결국 고통 쪽으로 치우치게 된다는 이야기이다.

정신의학자로서 저자는 중독의 치료제로서 약물의 효과를 부정하지는 않지만, "인간의 온갖 고통을 약물로 없애려면 대가를 치러야 한다."고 경고한다. 약물보다 효과적인 대안으로 '고통 받아들이기'를 권하고 있다. 우리가 고통을 감내하게 되면 이제 저울의 반대편에는 쾌락이 쌓이게 된다는 것이다. 운동을 할 때 처음에는 고통스럽더라도 시간이 흐를수록 즐거움을 느끼는 이유라고 한다. 우리가 쾌락에 지불하는 대가가 고통인 것처럼, 고통은 쾌락이라는 보상을 지급한다고 저자는 역설한다.

이 책에서는 심리상담적 치유의 중요성을 강조하고 있다. 중독은 고립과 무관심을 낳는다. 또 '솔직하게 말하기'는 관계의 애착을 강화한다는 지적 등이 제기된다. 고통이나 불안을 회피하지 않고 직면하게 되는 것을 '고통을 다스리는 고통', '불안을 다스리는 불안'이라는 멋진 말로 부르기도 한다.

사람은 저마다의 중독 대상을 갖고 있는지도 모른다. 지금과 같은 풍요의 시대에 중독 대상은 결핍의 시대보다 더욱 널리 퍼져 있다. 왜 우리는 물질이 풍요로울수록 마음의 결핍을 느끼고 쾌락을 찾아 떠도는 것일까. 쾌락이 아닌 진정한 행복을 찾는 방법은 무엇인가. 저자의 마지막 당부, "주어진 삶에 완전히 몰입할 수 있는 방법을 찾아라."는 말이 여운을 남긴다.

저기 그곳에 내가 서 있네

'최고 버전의 나를 찾아라'

사람의 성격이란 도대체 무엇인가. 좋은 성격이란 무엇이고, 나쁜 성격은 어떤 것인가. 성격에 좋고 나쁨이라는 게 있기는 한 건가. 성격은 변할 수 없는 것인가, 아니면 얼마든지 바뀔 수 있는 것인가. 이런 나의 궁금증은 《최고 버전의 나를 찾아라》라는 책으로 나를 이끌었다.

이 책은 이러한 궁금증에 대한 탐색을 시도하면서 다양한 실험과 실증적 조사를 통한 과학적 답변을 제시하고 있다. 저자 크리스천 재럿은 인지신경학을 전공했으며 20여 년간 뇌과학과 심리학을 알리는 다양한 글들을 써 오고 있다고 소개됐다.

나는 평소 사람의 성격은 바뀌지 않는다고 믿는 쪽이다. 예수님도 부처님도 자기 성격은 어쩔 수 없다는 말에 귀가 기운다. 나이 30이 넘으면 성격은 굳어진다고 생각하고 나 스스로도 그렇다고 여겼다. 그런데 최근 1~2년간 나에게 조그만, 아니 어쩌면 엄청난 변화가 생기고 있음을 느끼고 있다.

은퇴 생활을 시작한 후 나는 스스로에게 좀 '유쾌하게' 살자고 다짐해 왔다. 점잖 떨지 말고 좀 가볍게 살자는 것이다. 말도 좀 많이 하고 행동도 좀 더 자유롭게 하자는 것이었다. 그렇게 1~2년 지내다 보니 주위에서 내가 좀 변했다는 이야기가 들린다. 사람이 좀 싱거워졌다는 뜻도 담겼겠지만 그렇게 부정적으로 들리지는 않는다.

직장인으로서의 나는 비교적 조용하고 성실하고 맡은 일에 열심인 편이었고, 그런 평가도 받았다. 그런데 은퇴 후 나의 태도에는 변화가 생긴 것이다. 이것이 성격의 변화인가, 그냥 태도가 좀 달라진 것인가. 또 내가 달라지고자 노력하는 방향인 '유쾌함'은 성격적 특성인가, 일시적 감정 상태인가. 이런 나의 생각과 궁금증들은 상담학을 공부하면서 더욱 깊어지게 되었다.

이 책의 주장과 결론은 단호하다. 성격은 유연하며 변화 가능하다는 것이다. 이런 결론이 세상에 널린 이런저런 처세술을 취합하여 내린 것이 아니라, 어디까지나 뇌과학과 심리학을 토대로 한 다양한 실험의 결과라는 사실이 나의 기존 관념을 흔들었다. 저자는 역설한다. "우리의 성격은 진공 속에 존재하지 않는다. 성격은 우리와 함께 있는 사람과, 그리고 우리가 맡은 역할에 의해 형성된다."

이 책은 또 끊임없이 속삭이고 외친다. "당신은 사람이 변한다는 사실을 알아야 한다." 당신의 성격은 삶이라는 과정을 통해 계속 진화한다. 나이 30에 멈추는 것이 결코 아니다. 그리고 가장 중요한 사실은 당신이 '되고 싶어 하는 인간', 그것이 바로 진정한 당신의 모습이라는 사실이다.

이 책에는 간단한 성격검사와 함께 성격 변화를 위한 다양하고 구체적인 방법들도 소개되고 있다. 가령 이른바 '빅 5'로 불리는 다섯 가지 성격 특성(외향적, 신경증적, 성실한, 친화적, 개방적)중 개방적 성향을 늘리기 위해서는 TV에서 번역 자막이 나오는 드라마를 보라고 권한다. 그러면 다른 문화에 노출되어 사고가 넓어질 수 있다는 것이다.

성공적인 성격 변화의 핵심 요소는 결국 새로운 습관을 형성하는 것이

저기 그곳에 내가 서 있네

라는 결론적 지적은 좀 싱겁기도 하다. 그러나 학문에 왕도가 없듯이 결국 성격 변화를 위해서는 특별한 방법이 있을 수 없으며 꾸준히 노력하는 길밖에 없다는 것 아닌가. 이 책이 나에게 준 가장 큰 울림은 내가 원하는 방향으로 나의 성격을 바꿔 가는 것은 곧 진정한 나를 찾아가는 과정이라는 사실이다. 내가 되고자 바라는 것이 곧 진정한 나이며, 그 길은 결코 나로부터 멀리, 특별한 곳에 있지 않다는 것이다. 최고 버전의 나는 이미 내 속에 존재하고 있는 것이다.

경로당의 1인 공연

　내가 사는 양평에서 학교가 있는 평택까지의 등하교 길은 간단치가 않았다. 수업이 있는 매주 목요일에는 차를 갖고 집에서 나와 전철역으로 간 뒤 주차장에 차를 세워 두고 2시간가량 전철을 타고 서울 강남고속버스터미널로 간다. 이어 1시간가량 고속버스로 평택에 간다. 차 갈아타는 시간을 포함해 약 4시간 정도의 여정이다. 차를 갖고 가면 시간은 훨씬 절약할 수 있지만 나는 운전을 좋아하지 않는다. 전철에서 유튜브로 음악 감상을 하면 그렇게 지루하지도 않다.

　돌아오는 귀갓길은 역순인데 문제는 야간 수업을 마치고 서울까지 오면 양평행 전철이 끊어진다는 것이다. 별수 없이 서울서 1박을 해야 한다. 다행히 어머니가 서울서 거주하고 계셨다. 어머니는 목요일이면 내가 오기를 기다린다. 밤 12시가 넘어 아파트 문을 열고 들어서면 "이제 오냐."는 어머니 목소리가 반긴다. 그 시간까지 아들을 기다린 것이다. 어머니는 아흔을 훌쩍 넘겼지만 기억력과 사리분별이 나를 능가한다.

　한밤중에 잠시 이야기를 나눈 우리는 다음날 아침 식탁에서 본격적인 수다를 떨기 시작한다. 매주 보는 데다 연로한 어머니와 나이든 아들이 무슨 할 말이 그리 많겠냐 싶지만 어머니와의 이야기는 끝이 없다. 어머니는 친구분들의 이야기에다 정치 시사 이슈까지 골고루 화제에 올린다. 독실한 크리스찬으로 교회 권사인 어머니는 무신론자인 아들에게 신앙을 심어 주기 위해 많은 이야기를 하기도 한다.

어머니와 나의 대화가 이렇게까지 스스럼없고 편하게 된 것은 내가 상담학을 공부하면서부터라고 할 수 있다. 그전에도 이야기는 많이 하는 편이었지만 지금 같지는 않았다. 그전에는 내가 어머니에게 '그러시면 안 됩니다.'라는 식으로 말하는 경우가 적지 않았다. 시사 문제가 나오면 아예 어머니를 가르치려 들었다. 특히 종교 이야기가 나오면 일부러 기독교에 대해 비판적인 이야기를 해서 어머니 이야기를 막으려 들었다. 어머니는 자신의 신념이 강한 분이다. 그러니 내 이야기와 태도가 못마땅할 때가 많았을 것이다.

상담을 공부하면서 나는 어머니의 이야기를 최대한 경청하고 공감하려 애썼다. 매주 상담을 공부한 직후에 어머니를 만나 대화를 하게 되니 나에겐 상담 실습을 하는 거나 마찬가지였다. 어머니의 이야기 중에 내가 고개를 끄덕이고 '네, 네.' 하는 시간이 늘어났고 그럴수록 어머니의 이야기는 신바람을 탔다.

어느 날 나는 어머니가 다니는 아파트 경로당을 찾아갔다. 어머니가 허리 시술을 받은 직후라 경로당 친구분들께 어머니를 잘 좀 챙겨 달라고 부탁하기 위해서였다. 통닭과 주전부리를 사들고 경로당 문을 들어선 나는 10여 명의 할머니들께 인사를 하고 잠시 이야기를 나누었다.

그런데 나도 모르는 사이에 내 입에서는 "어머님들, 제가 노래 하나 불러 드릴까요?"라는 말이 불쑥 나왔다. 할머니들은 박수를 치며 좋아했다. 나는 옛날 뽕짝을 두어 곡 연이어 불렀고 할머니들은 연신 춤을 추었다. 이어 나와 할머니들은 함께 어울려 한참 동안 노래 부르고 춤을 추었다.

나도 생각지 못한 내 안의 흥이 흘러나와 처음 보는 할머니들과 한판 신나게 논 것이다.

어머니 말에 따르면, 경로당 할머니들이 지금도 내 이야기를 하면서 언제 또 오느냐고 묻는다고 한다. 가끔 경로당에 오는 자식들이 있지만 자기 어머니만 모시고 갈 뿐이지, 시키지도 않는데 노래 부르고 춤춘 사람은 나뿐이었다는 것이다. 어머니도 뿌듯해하는 기색이었다.

나는 주책인가. 남이 뭐라고 하든 나는 즐거웠고 어머니도 기뻐하셨으니 그만 아닌가. 이것도 상담이 가져온 나의 변화라고 생각한다.

석양이 아름다운 것은

어느 늦가을 자동차로 바닷가 국도를 따라 달리고 있을 때였다. 바다와 산 위로 펼쳐지는 붉은 노을이 아름다웠다. 동승한 일행은 모두 말없이 한참 동안 그 풍경에 빠져들고 있었다. 내가 불쑥 입을 열었다.

"저 노을이 왜 저토록 아름답다고 생각합니까?"

일행은 나의 느닷없는 질문에 뜨악한 표정만 지을 뿐 대답이 없다. 나도 대답을 기대하고 던진 질문은 아니었다. 상담을 공부하면서 읽은 책의 한 대목을 되새기며 나 스스로에게 던지는 질문이었다.

"우리가 석양을 보고 정말 감탄하게 되는 것은 아마 우리가 그것을 지배할 수 없기 때문일 것입니다."

다시 한 번 칼 로저스를 소환한다.

"우리는 석양을 바라보면서 '오른쪽 귀퉁이의 오렌지 색깔을 약간 부드럽게 하고 바탕에 보라색을 좀 더 넣고 구름은 핑크빛이 약간 더 돌게 해야겠군.'이라고 하지는 않습니다. 나는 석양을 지배하려 애쓰지 않습니다. 석양이 펼쳐지는 것을 경탄하며 바라볼 뿐이지요."

우리는 석양을 바라보듯 한 사람을 바라볼 수는 없을까. "키가 조금 더 컸으면 좋았을 텐데.", "성격이 좀 외향적이었으면.", "학력이 더 좋았으면." 등등의 판단을 하지 않은 채 그 사람 자체를 아름답게 바라볼 수는 없는 것일까. 우리가 석양이 펼쳐지는 것을 오로지 경탄의 마음으로 바라볼 뿐인 것은 그것을 새로운 색채로 칠해 보겠다는 등의 생각을 아예 하지 않기 때문일 것이다. 석양의 색깔을 바꿀 수 있다고 생각하는 순간 석양은 우리의 판단의 대상이 되고 무조건적인 아름다움은 사라지게 될 것이다.

한 사람의 내면에서 어떤 색깔은 지워 내고 어떤 색깔을 덧칠하는 것이 가능하기나 한 일일까. 그런데도 우리는 나와 가까운 사람일수록 그 사람을 바꾸어 보려고 애쓴다. 관심이라는 이름으로, 사랑이라는 이름으로. 그러나 그것은 의식적이든 무의식적이든 그 사람을 지배하려는 것에 다름 아니다. 지배하거나 소유하려 하지 않고, 있는 그대로의 상대를 인정하고 존중해 주는 것이야말로 그 사람을 성장시키는 촉진제라고 상담학은 가르친다.

석양을 바라보듯 사람을 바라보자고 다짐해 본다. 매일 매순간 석양의 색깔이 달라지듯이 사람도 제각각 다르고 매 순간 변하고 있다는 사실도 잊지 말아야겠다.

저기 그곳에 내가 서 있네

특이한 교수님

교수님의 교수법은 특이했다. 적어도 나에겐 그랬다. 그러나 교수님의 수업 시간이 되면 다른 학생들도 긴장하는 걸 보면 반드시 나만 그렇게 느낀 건 아닌 것 같다.

교수님은 우선 수업 시간에 학생들이 절대 필기를 못 하게 한다. 아무리 중요한 내용이라도 필기를 하다가 걸리면 혼나기 마련이다. 어떤 학생들은 자세를 고정시킨 채 몸을 거의 움직이지 않으면서 몰래 필기하는 비법을 개발하기도 하지만 교수님의 예리한 눈을 피해 가지는 못한다.

두 번째는 대답을 잘해야 한다. 교수님이 묻는 말에는 무조건 즉시 대답해야 한다. 모르면 모른다고 분명하게 말해야 한다. 뻔한 질문에는 뻔한 대답이라도 해야 한다. 무엇을 설명한 뒤 "맞지요?"라고 물을 때도 예, 아니오를 답해야 한다. 교수님이 첫 수업에서 학생들에게 부여한 과제는 "나는 왜 대답을 잘 하지 않는가?"였다.

세 번째, 가장 충격적인 면모는 수업 중에 가끔씩 학생들을 지칭할 때 "이것들이…"라고 부르는 모습이었다. 아무리 교수라고 하지만 학생들 보고 '이것들'이라니, 귀를 의심하지 않을 수 없었다. 더구나 나이가 자기보다 훨씬 많은 나 같은 만학도는 심한 모욕감을 느끼지 않을 수 없었다.

이런 겉모습만 보면 교수로서의 자격이 의심스러울 지경이었다. 그런데 평판을 들어 보니 실력 있는 교수로 인정받고 있었다. 실력과 인격이 다른 것인가? 그가 왜 이런 교수법을 쓰는지 그 이유를 알아보지 않을 수 없었다. 물론 그는 여기에 대해 구구절절 설명하지 않았다. 다만 수업 중에 한 마디씩만 툭 던질 뿐이었다. 그 한마디에 나의 해석을 붙이면 이렇다.

첫째, 필기 금지에 대해서 교수님은 "상담 중에도 필기할 것인가?"라고 반문했을 뿐이다. 맞는 말씀이다. 상담자가 내담자와 대화를 하면서 필기를 할 수는 없는 노릇이다. 필기를 하다 보면 대화에 대한 집중력이 분산될 수밖에 없다. 때론 내담자와 눈을 맞추기도 하고 표정을 살피기도 해야 하는데 필기를 하다 보면 산만해지기 십상이다. 상담자가 기록을 하면 내담자가 긴장을 하고 편하게 대화하기 어려울 수도 있다.

교수님은 우리가 수업 중에는 그때 그 자리에서 최대한 집중하고 외울 건 외우고 이해할 건 이해하라는 요구였던 것으로 나는 받아들였다. 내담자를 만날 때의 집중력 훈련이라고 할 만했다. 사실 노트에 필기를 하다 보면 나중에 다시 볼 수 있다는 안도감 때문에 현장에서의 집중력은 떨어질 수밖에 없을 것이다. 정신분석학의 창시자인 프로이트는 내담자와 1시간 이상 나눈 대화 내용을 전혀 메모하지 않은 채 나중에 그대로 기억해 내 기록했다고 한다. 우리가 그런 천재를 흉내 낼 수는 없겠지만 그런 자세는 배워 가야 할 필요가 있다고 생각한다.

둘째, 교수님은 대답은 곧 자기의 존재를 드러내는 것이라고 했다. "내가 지금 여기에 있습니다."고 말하는 것이라는 뜻일 게다. 여러 학생들 속에 몸을 숨기듯 앉아 아무 말을 하고 있지 않으면 그의 존재는 어떻게 드러날까. 상담은 상담자든 내담자든 자기를 개방하고 자기의 존재를 적극적으로 드러내는 과정이다. 대답이 맞으면 맞는 대로, 틀리면 틀린 대로

저기 그곳에 내가 서 있네

자기를 표현하는 것일 뿐이다. 답이 틀릴까 봐, 교수가 흉볼까 봐 입을 꾹 닫고 있는 것은 자기를 억제하는 방어기제일 것이다. 상담자는 자기를 드러내야 함을 수업 중 대답을 통해 가르치고 있는 것이다.

셋째, 충격적인 '이것들이'에 대해서는 교수님은 마틴 부버를 공부하라는 한마디만 남겼다. 마틴 부버는 이른바 '관계의 철학'을 개척한 사람으로 '나와 너(I-Thou)'라는 저서로 유명하다. 부버는 실존적이고 인격적인 만남의 관계, 즉 '나'는 '너'로 인하여 '나'가 되는 관계를 '나와 너'라고 불렀다. 그러나 이런 관계가 아니라 기계적이고 기능적인 관계는 'I-It(나와 그것)'의 관계가 되고 만다. 교수와 학생 간의 관계가 진정한 인격적인 만남일 때는 '나와 너'가 된다. 그러나 교수는 지식만 전해 주면 되고, 학생들은 그걸 받기만 하면 되는 존재로 서로를 인식한다면 그건 '나와 그것'의 관계가 된다. 상대는 '그것'이 되고 마는 것이다. 학생들이 교수에게서 일방적인 강의만을 기대하면서 강의 기능공이 되어 주길 바란다는 생각이 들 때 우리의 교수님은 여지없이 "이것들이…"라고 경고음을 낸 것이다.

이렇게 이해를 하면서도 교수님의 수업 방식이 불편함과 거부감을 줄때가 적지 않았다. 교수님 수업 방식에 담긴 깊은 뜻을 내가 제대로 알지 못했기 때문일 것이다. 그래도 교수님이 "이것들이…"라고 할 때는 나도 빙긋이 웃을 정도는 되었다. 내가 조금씩 변해 가는 것인가.

"그분이 오셨네"

"쓸데없는 이야기들을 왜 그리 길게 하고 있나?"

최근 어떤 모임에서 주최 측 진행자가 참석자들에게 던진 말이었다.

순간 모임 분위기는 얼어붙는 듯했고, 나도 아연 놀랐다.

참석자들은 모임 초반에 그날의 주제에 관해 자유롭게 이야기를 나누고 있었다.

주최 측 인사는 한참 동안 가만히 있다가 불쑥 불만을 표하고는 자신의 의견을 길게 이야기했다.

초반 토론 때 나는 이야기를 많이 한 편이었다. 그러니 주최 측의 지적은 꼭 나를 겨냥해서 한 말처럼 들렸다. 화도 나고 부끄럽기도 하고, 나의 기분은 엉망이 되었다. 이 모임에는 다음부터 절대 참석하지 않으리라고 내심 다짐하기도 했다. 그리고는 모임이 끝날 때까지 입을 꾹 다물고 있었다. 모임 내내 주최 측에 "왜 그 따위로 말하느냐."고 따지고 싶었지만 그러지도 못하고, 다른 이야기를 꺼낼 기분은 더욱 아니었다. 모임이 끝난 뒤에도 화가 풀리지 않았다. 씩씩거리며 "어떻게 복수를 해 주지?"하는 생각뿐이었다.

그런데 그 순간 갑자기 "그분이 오셨네."라는 말이 떠올랐다. 거의 무의식적으로 떠오른 말이었지만 수업에서 배운 것이 생각났기 때문일 것이다. 자신의 감정 알아채기 훈련을 할 때 쓰이는 말이다. 벌컥 화가 날 때,

'아, 내가 화를 내고 있구나.' 하면서 "그분이 오셨네."라고 말해 보는 것이다. 나는 평소 이 말을 들으면 웃음이 난다. 원래는 예수님의 행적을 뜻하는 좋은 말이 아닌가 혼자 짐작하는데 요즘은 그냥 원치 않는 어떤 상황이 오면 이 말을 쓰는 것 같다. 그 비유에 재치와 재미가 있어 웃음이 나는 것이다.

속으로 버럭버럭 화를 내면서 갑자기 "그분이 오셨네."라고 하고 나니 왠지 슬그머니 웃음이 났다. 물론 그렇다고 화가 사라진 것은 아니었다. 그런데 화를 내면서도 씨익 한번 웃고 나니 기분 상태가 조금 달라지는 것 같았다. 화난 감정이 불같이 일고 있는데 웃음이라는 물을 조금 부은 것 같다고나 할까. 무한 질주할 것 같던 화가 과속방지턱에 걸렸다고 해야 하나. 하여튼 "그분이 오셨네."는 한순간 '일시 정지' 또는 '과속 단속'과 같은 신호판 역할을 해 주었다.

하나의 격한 감정에 빠져들 때 약간의 다른 감정이 섞여들게 되면 작은 틈새가 생기는 것 아닌가 싶다. 그리고 그 틈새에서 여유가 생겨나는 것 같다. "그분이 오셨네."는 어떤 상황에서도 나를 미소 짓게 만들고, 그 미소는 잠깐의 여유를 준다. 그런데 그 찰나의 순간이 때론 감정의 흐름을 바꾸고 나를 알아차리는 엄청난 잠재력을 가진 게 아닐까 싶다.

지금도 나는 주최 측을 생각하면 화가 난다. 그러면서도 그냥 씨익 웃기도 한다. 그분이 오셨으니 언젠가는 가시겠지라면서.

미운 사람의 문제를 왜 내가 끌어안나

얼마 전 이웃 사람과 언쟁을 벌였다. 언쟁의 발단은 우리 집 울타리 문제였다. 이웃과는 폭 4미터 정도의 도로를 사이에 두고 있는데 이 도로를 사용하는 집은 우리 집뿐이다. 이웃은 아직 집을 짓지 않은 채 서울에서 가끔씩 들러 농사를 짓고 있다. 집을 짓더라도 굳이 이 도로를 사용하지 않고 옆 도로를 이용하는 게 더 편리해 보인다. 그러다 보니 우리 집 앞 도로는 완전히 우리 전용 도로처럼 되었고, 울타리도 도로를 포함하고 있었다.

이웃 사람은 이 울타리를 철거하라는 요구였고, 나는 이 울타리 때문에 불편을 겪는 사람이 아무도 없으니 나중에 철거하겠다고 했다. 그래도 이웃은 여기는 도로이니 무조건 철거하라는 것이었다. 나는 그가 심통을 부리는 것으로 여겨졌다. 그러나 어쨌든 도로에 울타리를 설치한 것은 문제이니 나는 내심 안쪽으로 다시 울타리를 쳐야겠다고 생각하고 있었다.

문제는 그가 갑자기 언성을 확 높인 것이었다. 평소에 그는 비교적 점잖고 예의 바른 사람으로 보였다. 나이도 나보다 몇 살 위였다. 해마다 가을이면 여기서 수확한 고구마나 농산물을 나눠 주기도 했다. 아주 가까운 사이는 아니더라도 결코 사이가 나쁘다고 할 수는 없었다. 그런데 갑자기 나에게 고함을 지른 것이었다.

"도로에 울타리를 했으니 무조건 철거하세요!"

그의 화난 고함은 나에게도 불을 질렀다. 나도 맞고함을 질렀다.

"이 울타리가 당신에게 무슨 피해를 준다고 당장 없애라는 거요?"

고성을 지르면서도 나는 당장 새 울타리를 치기로 결심했다. 어쨌든 문제의 근원은 내 쪽에 있는데 이걸로 이웃과 다투는 것은 망신이라는 생각도 들었다. 그러나 화난 내 입에서는 좋은 말이 나오지 않았다. 대신 단호하게 잘라 말했다.

"내가 알아서 할 테니 다시는 나에게 말하지 마시오."

그렇게 언쟁은 끝나고, 나는 곧바로 설치업자를 불렀고 며칠 뒤 공사를 시작했다. 그러자 이웃 양반은 공사 구경을 하면서 나에게 슬슬 다가오더니 어색한 표정으로 "우리가 뭐 싸울 사이인가요."라고 말을 붙였다. 이때부터 나의 소소한 복수는 시작됐다. 나는 그의 얼굴도 보지 않은 채 "왜 언성은 높이고 그랬어요?"라고 냉랭하게 받아 준 뒤 입을 닫아 버렸다. 이후에도 이 양반은 나와 마주치면 뭔가 말을 걸려고 하는 눈치였지만 나는 피해 버렸다.

새 울타리와 대문을 하고 보니 집이 한결 좋아졌다. 다른 이웃들도 오다가다 구경하며 칭찬을 해 주었다. 돈은 좀 들었지만 기분이 좋았다. 언쟁을 벌인 이웃 사람에게 통쾌한 복수를 한 듯한 기분도 들었다.

아내는 "그 사람 덕분에 오히려 집이 더 좋아졌으니 이제 화 풀어라."고 말한다. 그러나 나의 대답은 "그건 그거고, 나는 아직 화가 안 풀렸소."였다.

나는 내가 왜 이렇게 화를 내는지 알고 있다. 무시당했다는 느낌을 받았기 때문이다. 나는 가까운 가족이나 친구 이외의 사람으로부터 고함 소리를 들어 본 기억이 거의 없다. 이웃 사람도 평소 점잖은 사람이다. 그가 화를 낼 수도 있다고 생각한다. 그의 입장에서 보면 나의 주장이 사리에 맞지 않다고 여길 수도 있다. 모두 이해한다. 그러나 그의 고함은 여전히 괘씸하다.

그가 나를 무시했다는 나의 생각은 사실이 아닐 수도 있을 것이다. 그가 고함을 지른 것은 나를 무시해서가 아니라 그의 기질 탓일 수도 있을 것이다. 그는 화를 내는 방식을 잘 모를 뿐인지도 모른다. 그런데 그의 기질 때문에 내가 왜 감정의 불편함을 겪어야 하나? 왜 이웃의 문제를 내 문제로 가져와 화를 내고 있는가.

우리가 화내고 슬퍼하는 일의 대부분은 나의 생각 때문이고, 그 생각은 사실과 다를 가능성이 높다. "사람들이 나를 무시한다."거나 "나는 무능하다."는 등의 부정적 생각에 젖은 사람의 그 생각은 사실일까. 사실이 아닌 생각일수록 더 사실로 굳게 믿게 되는 것이 사람의 마음이라고 상담학은 가르친다. 이러한 인지왜곡의 원인을 탐색하고 긍정적 사고로 변화시켜 나가는 것이 인지행동치료의 핵심이라고 할 수 있다. 이웃 양반에게 화를 내고 있는 나의 모습에서 인지왜곡이니 인지융합 같은 상담학 용어가 떠오르는 것은 내가 나를 바라보고 있기 때문일까.

저기 그곳에 내가 서 있네

인터넷 바둑

나는 한때 인터넷 바둑에 빠져든 적이 있다. 그것 때문에 직장 생활이 어려워지거나 일상생활에 큰 지장을 받는 정도는 아니었으니 중독까지는 아닌 듯하다. 그러나 이제 그만해야지 하면서도 멈추지 못하는 경우가 허다했으니 굳이 중독 초기라고 해도 부인하기 어려웠을 것이다.

나는 바둑을 좋아해 고등학교 다닐 때는 기원에서 전문기사로부터 바둑 과외를 받기도 했다. 대학 입시학원에서 공부를 해도 모자랄 판에 기원을 다녔으니 꽤나 바둑에 빠져 있었다고 할 수 있다. 같은 반 친구들을 규합해 바둑대회를 열기도 했다. 수업 시간에 시합 상대끼리 같은 자리에 앉아 노트에 그린 바둑판에 연필로 바둑을 두는 식이었다. 우리 반에서 바둑을 둘 줄 아는 20~30명 학생들이 선생님 눈에 띄지 않게 은밀하게 바둑을 두고 쉬는 시간에 계가를 해 승부를 결정짓는 것이었다. 이긴 학생들은 다시 상대를 정해 다음 수업시간에 자리를 바꿔 앉아 승부를 내는 토너먼트 방식이었다. 선생님 눈을 피해 가며 바둑을 두는 짜릿한 스릴감은 수십 년이 지난 지금도 생생하다.

일요일에는 반 친구들끼리 시내의 기원에 출몰하다가 기원에 들른 선생님께 들켜 다음날 교무실로 호출돼 혼나기도 했다. 그래도 바둑을 즐기는 선생님은 우리 심정을 이해한 듯 당장 기원에서 쫓아내지는 않았다. 이쯤 되면 내가 바둑에 상당한 고수로 들릴지 모르지만 나의 바둑 실력은 들인 정성과 노력에 비하면 형편없는 수준이었다. 4~5급 정도? 바둑을 처음 배울 때는 실력이 부쩍부쩍 늘었는데 일정 수준에서 딱 멈춰 버렸다. 어느 정도 실력이 되면서 바둑을 배우겠다는 마음보다 그때그때 승부에 너무 집착했던 것 같다. 승부욕이 지나치다 보니 여유 있게 바둑을 즐기지 못하고 이기는 것 자체에 매몰돼 간 것이다.

직장에 다닐 때 오로바둑이라는 인터넷 바둑이 등장했다. 나의 직장은 바쁘고 긴장도가 높은 곳이었다. 밤 12시가 넘어 퇴근하는 일도 비일비재 했다. 그러니 바둑을 즐길 여유가 없었는데 인터넷 바둑이 생겼으니 그냥 지나칠 수가 없었다. 퇴근 후 집에 오면 아무리 늦은 시간에라도 컴퓨터 앞에 앉아 바둑판과 상대를 불러냈다. 바둑 한 판으로 낮에 쌓인 스트레스와 잡념을 씻어 내고 잠을 잘 자자는 것이었다.

인터넷 바둑은 대개 속도전이므로 10~20분이면 한판을 둘 수 있다. 좀 오래 생각을 하면 채팅창에서 상대의 재촉이 심하고 때로는 욕설을 하거나 중간에 퇴장해 버리는 경우도 있다. 문제는, 딱 한 판만 두겠다고 시작한 바둑이지만 결코 그렇게 되지 않는다는 사실이었다. 첫판에 내가 이기면 한 판 더 두자는 상대의 요구를 거절하기 어렵고, 반대로 내가 지면 내가 한 판 더 두자고 요구하게 되는 것이었다. 승부욕 때문이었을 것이다. 아니, 진정한 승부욕이라기보다는 억울함에 더 가까웠다. 인터넷 바둑은 생각할 겨를도 없이 후딱후딱 두어야 하기 때문에 지고 나도 실력이 부족했다는 생각보다 실수로 졌다는 생각이 더 강하고 그래서 늘 억울했다. 그러니 한 판 더 두어서 설욕을 하고 싶은 욕구가 더 강했다. 패배에 승복을 하는 것이 아닌 것이다. 그러다 보면 밤늦게까지 바둑을 두기 일쑤였다.

저기 그곳에 내가 서 있네

다행히 나의 인터넷 바둑 중독 증상은 해외 근무를 떠나면서 멈추었고 몇 년 뒤 귀국한 뒤에는 그 증상은 재발하지 않았다. 지금은 오로바둑이 계속 있는지도 모르겠다.

나의 경험에 한정해서 보면, 게임 중독은 왜곡된 승부욕에 기인한 점이 크다고 본다. 도박 중독도 비슷할 것이다. 게임이나 도박에서 지고 나면 반드시 이기고 싶은 마음을 억제하지 못하는 듯하다.

그런데, 프로게이머들의 승부욕은 비난할 것이 아니지 않은가. 프로게이머가 하루 종일 게임을 하는 것은 비난하기는커녕 직업적 미덕이 될 수도 있을 것이다. 프로게이머나 지망생이 다른 일 모두 제쳐 놓고 게임에만 빠져 있다고 해서 우리는 그들을 게임 중독자라고 부르지는 않는다. 그러나 실제로 그들은 중독일지도 모른다. 결국 게임 중독의 여부는 한 개인의 주된 생활과 삶의 목표가 무엇인지 등을 살펴보고 판단해야 할 것이다. 프로게이머가 되기 위해 하루 종일 게임에 빠져 있는 아이에게는 등을 두드려 주며 격려하겠지만, 수능을 코앞에 둔 아이가 밤새 게임에 몰입해 있다면 중독을 걱정하게 되는 것이다.

내가 바둑에 빠졌던 나의 청소년 시절을 되돌아보면서 중독 문제를 이야기하고 있는 것은, 그때 내가 바둑 실력도 없고 전문기사가 되겠다는 의지도 없으면서 그저 승부욕이 지배하는 재미로 그 귀한 시간을 낭비했기 때문일 것이다.

음울한 도시

　도박이라고 하면 나는 10여 전 여름휴가 때 우연히 들렀던 강원도의 한 도시를 떠올리게 된다. 그곳에 있는 한 유명 호텔과 함께.

　그곳에 들르게 된 것은, 여름휴가를 강원도 정선과 영월 등지를 여행하며 보내다 마지막 날 좀 괜찮은 숙소를 찾다가 여의치 않아 어쩔 수 없이 비싼 호텔로 가게 된 것이다. 멋진 대형 호텔 정문 앞에 차를 세우면서 뭔가 분위기가 이상하다는 느낌이 들었다. 정문 앞 한 구석에 중년 여성들이 군데군데 모여 앉아 호텔로 들어서는 손님들을 힐끗힐끗 쳐다보고 있는 것이다. 호텔 인부 복장을 한 그들은 첫눈에 어딘가 넋이 나간 사람처럼 보였다. 나이는 40~60대 정도였고, 얼굴과 몸에서는 활기를 찾아보기 어려웠다. 그저 말없이 멍하니 모여 앉아 오가는 사람들을 바라볼 뿐이었다.

　나중에 안 일이지만 이들은 이 호텔에서 카지노 도박을 하기 위해 서울 등지에서 왔다가 몽땅 돈을 잃고 집으로 돌아가지도 못하고 호텔에서 청소 등의 일을 하면서 지내고 있는 사람들이었다. 이곳 호텔은 국내에서 내국인도 카지노를 할 수 있는 유일한 호텔이었다. 이들 대부분은 한두 번 도박을 한 것이 아니라 돈이 생길 때마다 이곳으로 달려왔다가 결국은 더 이상 오갈 곳이 없게 된 처지라고 한다. 이들은 어떻게든 돈을 모아 다시 한 번 카지노에 도전해 보는 것을 유일한 희망으로 삼아 이곳을 떠나지 못하고 있는 것이 아닐까. 도박을 한 것을 진심으로 후회하고 새 삶을 찾기

160　　　　　　　　　　　　　　저기 그곳에 내가 서 있네

를 원한다면 우선 이곳을 떠나고 보아야 하는 것 아닌가.

더욱 놀라운 풍경은 다음날 아침 식사를 하기 위해 근처 읍내로 나갔을 때 보게 됐다. 읍내 거리에 전당포들이 줄지어 늘어서 있는 것이 아닌가. 전당포는 요즘 대한민국에서 일부러 찾아보려고 해도 좀체 찾기 어려울 것이다. 옛날에 내가 대학 다닐 때는 손목시계나 학생증을 맡기고 술값을 빌려 오던 정다운 곳이기도 했지만 말이다. 지금 이곳에 늘어선 전당포들은 도박으로 전 재산을 날리다시피 한 중독자들이 마지막으로 금붙이나 자동차 등 자신의 모든 것을 맡기고 한 푼의 도박 자금이라도 마련하러 들르는 절박한 곳일 것이다. 그들은 가능하다면 아마도 자신의 생명까지 저당을 잡힐지도 모른다. 그런 곳이 읍내에 다닥다닥 줄지어 있는 것이다.

식당 안에 들어서면서 눈길을 끈 것은 식당 벽 곳곳에 크게 붙어 있는 '외상 사절'이었다. 외상 사절? 이것도 우리가 가난했던 시절에는 식당 등에서 쉽게 보던 글귀였지만, 신용카드가 현금보다 더 통용되는 요즘 시대에는 어디서 볼 수 있겠는가. 카지노에서 도박으로 인생을 망친 그들에게는 밥 한 그릇 사 먹을 현금도 신용카드도 없어 '외상'을 구걸해 보지만, 식당에는 그것을 '사절'한다는 냉엄한 선언이 붙어 있는 것이다. 가난한 시절의 외상은 대부분 열심히 일해서 갚을 가능성이 있거나 인간적인 동정이 가는 것이라 탓하지 않고 오히려 격려해 주는 대상이 될 수도 있었다. 그러나 오늘날 도박 중독자의 외상은 그 누구에게도 이해받지 못하는 차가운 사절의 대상이 될 뿐임을 식당들이 웅변하고 있는 것이다.

그때나 지금이나 나는 카지노를 할 줄 모르고 해 본 적도 없다. 카지노 호텔에 들른 김에 재미로라도 한번 해 볼까 싶던 마음은 호텔 앞의 여인들, 읍내의 전당포들, 외상 사절의 문귀 등등이 만들어 내는 음산한 분위기에 깨끗이 날아가 버렸다. 그것은 나에게 강력한 도박 예방 주사가 되었던 것이다. 지금의 거기는 좀 변했을까. 인간의 도박 충동과 도박 중독증이 사라지지 않는 한 '그곳'은 어디서나 생겨나지 않겠는가.

왜 고스톱인가

지금 한국인들의 화투판을 완전 장악한 게임은 고스톱이라고 할 만하다. 고스톱이라는 화투 게임이 언제부터 시작됐는지는 모르겠으나 내가 알게 된 것은 1970~1980년대이다. 화투라는 게 일본에서 건너왔듯이 고스톱도 일본서 건너와 한국인의 기질에 맞게 적절히 규칙이 바뀐 것 같다. 고스톱의 세부 규칙은 너무나 다양해 판을 시작하기 전에 룰 미팅을 갖고 그 판에 적용할 룰을 정해야 한다. 그러지 않으면 중간에 룰을 놓고 한판 싸움이 벌어지기 일쑤다.

고스톱이 수입되기 전 한국인의 화투판은 민화투, 육백, 나이롱뽕 같은 게임들이 주류를 이루었다. 어릴 적 할머니 곁에 앉아 어른들이 치는 민화투를 구경하던 기억이 생생하다. 그러던 것이 내가 대학에 들어갈 무렵 주위를 둘러보니 민화투를 치는 사람은 찾아볼 수가 없었다. 고스톱이 화투판을 완전히 점령한 것이다. 민화투는 너무 단순하고 시시한 게임으로 취급받게 됐다.

고스톱이 화투판을 단시간에 장악해 버린 원동력은 무엇일까. 그 원인을 행동 중독의 특성과 연관 지어 탐색해 보는 것은 지나친 것일까. 물론 고스톱을 도박으로 규정하고 더구나 도박 중독 운운하는 것은 분명 지나친 일이다. 도대체 고스톱을 얼마나 자주, 또 얼마 이상의 판돈을 걸고 해야 도박, 나아가 도박 중독이라고 할 수 있을지는 모르겠다. 다만 궁금한 것은 고스톱의 어떤 특성이 화투판을 일거에 평정시켜버릴 정도로 매력적 또는 유혹적인지, 그리고 바로 그 점이 행동 중독이 갖는 어떤 성격과 유사한 점은 없는지 하는 점이다.

내가 보기에 고스톱의 매력은 룰이 매우 역동적이라는 점이다. 우선 룰이 다양해서 득점을 하는 방법이 다양하고, 불리한 상황에서도 전세를 뒤집어 놓을 가능성이 열려 있다는 사실이다. 특히 한번에 대량 득점으로 판돈을 거머쥘 수 있는, 말 그대로 대박의 찬스가 마지막 순간까지 가능하다는 사실은 루저(패배자)들이 끝까지 화투판을 떠나지 못하게 만든다. 가령 흔들고(같은 패가 3장 든 경우), 스리고(3점 이상 득점하고도 게임 진행을 3회 계속한 경우)에, 피박(상대가 피를 6장 이상 따지 못한 경우)을 씌웠을 때는 승자의 점수에 2의 세제곱, 즉 8배를 곱하여 돈을 거두어들이는 것이다. 한 번의 기회로 전세를 완전히 뒤집어 놓을 수 있다는 희망을 갖게 하는 것이다.

이게 도박의 본질 아닐까. 성실하게 차근차근 성과를 쌓아 가는 것이 아니라 한 번의 기회로(그 기회가 노력에 의한 것이든 운에 의한 것이든) 엄청난 것을 손에 쥘 수 있다는 막연한 기대와 희망, 그게 확률적으로 너무나 희박하다는 사실을 잘 알면서도, 그 희미한 희망에라도 의존하지 않고는 살아가기 힘든 현실적, 심리적 나약함에 빠진 상태, 그것이 도박 중독 아닐까. 고스톱 판에서 중독의 그림자를 얼핏 느끼게 된다.

저기 그곳에 내가 서 있네

라면 중독

나는 라면을 무척 좋아한다. 짜장면, 짬뽕, 우동, 칼국수 등등 면 종류는 모두 좋아하는 편이지만 면 사랑의 시작은 라면이라고 할 수 있다. 나는 당뇨 증세가 있기 때문에 면 종류는 삼가야 한다. 흰쌀밥-빵-면은 탄수화물이 많고 소화 흡수가 빨라 혈당을 빠른 시간에 급히 올리는 음식이기 때문이다. 그래서 집에서는 아내가 라면 등을 철저히 통제하여 좀체 먹기가 어렵다. 그러다가 학교 가는 날이나 외출을 하는 날은 아내의 감시가 풀린 기회를 십분 활용하여 면 음식을 만끽한다. 시간이 없을 때는 편의점에서 컵라면을 먹기도 한다.

물론 나는 라면이나 면 종류가 당뇨에 좋지 않다는 사실을 잘 안다. 가급적 먹지 않아야겠다고 다짐도 한다. 그런데도 막상 라면을 먹을 수 있는 기회가 오면 참기가 어렵다. 짜장면이나 짬뽕도 마찬가지다. 먹느냐 마느냐, 잠시 고민하지만 나의 결론은 언제나 하나다. 이런 걸 먹으려고 평소에 당뇨약도 먹고 운동도 하고 그러지 않느냐, 그래서 혈당 조절도 비교적 잘되는 것 아닌가. 가끔씩 라면을 즐기는 게 뭐 그리 대수냐, 먹고 싶은 것 아예 먹지도 못하면 인생의 큰 낙이 사라지는 것 아닌가. 그리 비싼 음식도 아닌데….

생각이 여기에 이를 때쯤이면 이미 라면은 잘 끓기 시작한다. 향기로운 냄새가 후각을 자극하면서 나는 젓가락을 집어 들게 된다.

이쯤 되면 음식 중독, 라면 중독인가? 끊거나 줄여야겠다고 생각하면서도 매번 실패하면 그게 중독 아닌가. 근데 내가 라면을 딱 끊지 못하고 적절히 즐기는 데는 나름의 대단히 합리적인 이유가 있지 않은가. 또 몸을 망가뜨릴 정도로 주체하지 못하는 것은 아니지 않은가. 중독이라고 하려면 매일, 아니면 적어도 이틀에 한 번 정도는 먹을 정도가 돼야 하는 것 아닐까. 나는 나름대로 건강을 유지하면서 라면 욕구를 적절히 해소하고 있는 것 아닌가. 그러니 문제될 게 뭐가 있을까. 이렇게 나를 합리화하는 나름의 논리는 무궁무진하다. 하지만 이렇게 애써 라면을 두둔하고 있는 것 자체가 중독 증세가 아닌가 하는 생각도 얼핏 든다.

어쨌든 나는 거의 평생을 라면과 밀착 동행하고 있다. 근데 수업 시간에 옆자리 학우가 라면을 혐오한다는 이야기를 듣고 깜짝 놀랐다. 세상에…!! 라면을 혐오하는 사람도 있구나. 그냥 안 좋아하는 정도는 모르지만 혐오까지. 그때 교수님께서 각자 라면에 얽힌 기억을 말해 보라고 했다. 나는 그저 라면을 즐기던 기억밖에 떠오르지 않았다. 특히 달걀 하나 탁 깨 넣은 라면에 소주 한잔 탁 걸치던 기억은 지금도 침이 나오게 한다. 그때 옆자리 학우는 라면이라고 하면 가난한 시절의 기억밖에 떠오르지 않는다고 했다. 가난의 기억이 라면을 혐오 식품으로 만든 것일까. 특히 컵라면은 지금도 냄새마저 맡기 싫다고 했다.

그때 불현듯 나의 기억 속에 떠오르는 한 장면이 있었다. 시골 마을에 살던 어린 시절이었다. 초등학교 3학년인가, 4학년 때. 라면이라는 것이 처음 나왔을 때였다. 라면을 맛본 한 두 명의 친구들이 요란스레 라면 맛을 자랑하고 다녔다. 나는 어머니와 함께 길을 가다 동네 가게에서 라면을 보게 됐다. 어머니 손을 끌며 내가 말했다. "어무이 저 라면 한번 묵어 보입시더." 잠시 머뭇거리던 어머니에게서 나온 대답은 나를 기죽게 만들었다. "저런 건 부자들이 묵는 기다."

나는 그때 '아, 우리도 가난하구나.' 하는 사실을 처음 알게 됐다. 아버지가 학교 교감선생님이라 우리 집이 부자인 줄 알았다. 그런데 우리가 가난하다니, 그래서 저 멋지고 신비로운 라면이라는 것을 먹을 수 없다니…. 시골 교사의 박봉으로 다섯 자녀를 키우고 있던 어머니로서는 아마도 당시 라면 값이 부담스러웠을 것이다. 다섯 아이들에게 골고루 먹이려면 라면 한두 개로는 되지도 않을 것이다. 라면은 부자들이 먹는 것, 그게 나의 라면에 대한 첫인상이었던 것이다.

대도시 중학교로 진학하게 된 나는 라면이 그리 호화 음식이 아니라는 사실을 알게 됐고, 그때부터 라면에 탐닉하게 됐다. 때론 라면 2개를 넣어 끓여 먹기도 했고, 라면과 계란의 환상적인 조합도 알게 됐다.

내가 라면을 부자의 상징으로 기억한 반면, 옆자리 학우는 가난의 상징으로 기억하고 있는 것이다. 여기에는 세대차도 작용했을 것이다. 나는 라면이 처음 나오던 시절, 그것도 이 나라가 아직 굶주림에서 완전히 벗어나지 못했던 시절, 뭔가 새로운 음식이 나왔으니 동경의 대상이 됐을 터이다. 그러나 그로부터 10~20년이 지난 후 라면은 신비감은 사라지고 돈 없을 때 한 끼 때우는 그저 그런 싸고 편리한 음식이 됐을 것이다.

중독 문제는 알게 모르게 우리의 삶 속에도 잠재하고 있음을 느끼게 된다. 중독자의 심리 상태가 우리와는 전혀 별개의 특이한 것이 아니며 우리 자신의 내면에도 중독에 취약한 심리 상태가 있을 수 있음을 알게 되는 것이다.

어디 라면뿐이랴. 사람이 무언가에 애착을 갖고 심할 경우 중독에까지 빠질 때에는 나름의 이유가 있을 것이다. 본인이 의식하든, 무의식으로 내려갔든 간에, 그걸 잘 탐색하고 통찰해 행동의 변화를 가져오게 하는 것, 그게 상담의 역할 아닐까.

저기 그곳에 내가 서 있네

그리운 중독

나는 걷기를 좋아한다. 정확히 말하자면 좋아한다기보다는 많이 걷는 편이다. 때론 좋아서 걷기도 하지만 대개는 건강을 위해 의무적으로 걷는 다고 해야 할 것이다. 시골집에서는 하루 한두 번 정원에 나가 잔디밭을 돌면서 걷기도 하고, 집을 나서 강변을 따라 1시간 이상 걷기도 한다.

내가 의식적으로 걷기를 시작한 것은 20년 전쯤이다. 당뇨 진단을 받고 서도 술과 음식을 제대로 조절하지 못해 혈당이 좀체 관리되지 못하면서, 걷기라도 좀 해 보자고 마음먹으면서부터였다. 출퇴근길에도 지하철역 한 정거장 정도씩 걷곤 했다. 점심시간에는 식후에 회사 근처 산책길을 자주 걸었다. 그러나 당시 나의 걷기는 엄격하지도 규칙적이지도 않았고, 그저 시간 나면 슬슬 즐기는 정도였다.

은퇴 후 시골로 내려오면서 나의 걷기는 본격화되었다. 우선은 장기간 당뇨가 지속되는 데 대한 염려가 컸다. 이제 하루의 시간을 내 뜻대로 조 절할 수 있게 되었고, 집 주변 풍광도 정겨워 걷고 싶은 욕구를 자극했다. 거의 매일 강변길을 걸었다. 아들들이 열심히 걸으라며 사 준 스마트워치 도 걷기를 촉진하는 데 한몫을 했다. 매 순간 걸음 수가 기록으로 확인되 니 그걸 보는 재미도 쏠쏠했다. 매일 하루 목표 1만 보를 채우려고 애썼다. 급기야 나는 부산까지의 천 리 길 도보 여행도 감행했다.

어쨌든 걷기는 나의 삶 속으로 깊숙이 들어온 것은 사실이다. 그러나 단

연코 말하건대 나는 결코 걷기 중독, 운동 중독은 아니다. 아니, 그 수준에 이르지를 못했다. 중독이라고 하려면 운동을 줄이거나 그만해야겠다고 생각하면서도 그러지 못할 정도, 또 걷기나 운동 때문에 사회적 활동이나 인간관계, 신체에 문제가 생기는 정도가 돼야 하는 것 아닌가. 한마디로 걷기가 너무 좋아 주체할 수 없어야 하는 것 아닌가. 나는 그 정도는 아니다. 걷기를 즐기는 편이긴 하지만 여전히 건강을 위해 별수 없이 꾸역꾸역 걸어야 한다는 강박감도 없지 않다.

나는 주체할 수 없을 만큼 걷기를 좋아하고 싶다. 걸을 때는 도파민이 펑펑 솟아나길 기원한다. 그래서 나의 몸과 마음이 언제나 건강하고 신나고 활기차기를 소망한다. 이것이 중독이라고 해도 사양하지 않겠다. 운동 중독을 '긍정적 중독'이라고 한다고 교재에 쓰여 있다. 나는 '그리운 중독'이라고 부르고 싶다.

저기 그곳에 내가 서 있네

나의 중독 탈출기

나는 한창 직장생활을 할 때 하루에 담배를 1~3갑씩 피웠다. 별일이 없는 평온한 날에는 1갑, 정신 집중을 요하는 일이 있을 때는 2갑, 여기에다 저녁에 회식까지 하는 날은 3갑이 보통이었다. 하루 세 갑을 피우는 경우 모두 60개피다. 24시간 중 6시간을 잔다면 18시간을 눈을 뜨고 있는 셈인데, 1시간에 3개피 이상을 피운 셈이다. 말 그대로 줄담배다.

그나마 그때는 사무실이나 식당이나 어디서든지 담배를 피울 수 있었기 때문에 가능한 이야기이다. 요즘처럼 사무실은 고사하고 술집에서마저 담배를 피울 수가 없어 바깥의 흡연장을 찾아다녀야 한다면, 하루 세 갑의 담배를 피우려면 아예 흡연장에 죽치고 있어야 할 것이다.

중학교 때 장난으로 시작한 흡연이 고등학교 때 제법 폼을 잡게 되고, 대학에서 본격적으로 담배 맛을 깨달아 직장생활을 하며 지독한 흡연자가 되었으니 나의 건강이 온전할 리 만무였다. 특히 때와 장소를 가리지 않고 튀어나오는 잔기침은 나를 곤혹스럽게 만들기 일쑤였다. 담배를 줄이거나 끊어야겠다는 생각은 수없이 했지만 '작심 3일'마저 견디기 어려웠다. 초등학생인 아들 녀석 두 명을 앞에 세워 두고 "오늘부터 아빠가 담배를 끊겠다."고 선언하기도 했다. 아무리 의지가 약한 나이지만 설마 어린 아들들한테 한 약속마저 깨겠느냐고, 배수의 진을 치는 심정으로 한 금연 선언이었지만 역시 별무소용이었다.

나는 왜 그토록 담배를 피웠나.

담배는 맛있나? 노.

담배는 술처럼 정신을 몽롱하게 해 주나? 노.

담배를 피우는 모습이 멋있다고 생각하나? 노.

내가 담배를 피우지 않는다고 주위에서 불편해하나? 노.

그런데 왜 담배를 피울까. 아마도 대부분의 흡연자들은 나처럼 자신이 왜 담배를 피우는지 그 이유를 딱 집어 말하기 어려울 것이다. 뭔가 초조하거나 흥분될 때 진정제 효과가 있다는 게 그나마 그럴듯한 이유로 꼽힌다.

아마 가장 많은 경우는 끊지 못해서가 아닐까. 꼭 피워야 할 이유는 잘 모르겠지만 어떻든 안 피우고 있으면 피우고 싶은 것. 그냥 당기는 것. 사실 담배의 무서움은 여기에 있는지도 모른다. 피워야 하는 이유가 뭔지를 딱 부러지게 알지도 못하면서 안 피우면 안 되는 것. 그래서 "담배가 가장 피우고 싶은 순간은 담배가 떨어졌을 때."라는 농담 아닌 농담도 있을 것이다.

담배를 끊지 않는다고 해서 감당해야 하는 재정적-신체적-사회적 불이익은 다른 중독에 비해서 덜하다. 가령 마약이나 도박과 비교해 보면 분명해진다. 만약 흡연자들을 마약 중독자처럼 형사처벌 한다면 어떨까. 흡연으로 인해 전 재산이 날아갈 수도 있다면 어떨까.

흡연으로 인한 건강 피해도 당장 어떤 치명적 결과를 가져오지는 않기 때문에 경각심을 갖기 어려운 게 사실이다. 흡연이 가족이나 주변 사람에게 불편을 주기는 하지만 그렇다고 해서 인간관계가 파탄나지는 않을 것이다. 그러니 금연에 대한 필요성이 절박하지 않고, 금연 노력이 지속되기

저기 그곳에 내가 서 있네

도 어려울 것이다. 금연을 위해 개인 상담을 받는 경우도 찾기 어렵다. 금연을 위해 개인의 심리적 문제를 탐색하고 치유해야 할 경우는 흔치 않을 것이다. 금연은 상담보다는 사회적 교육의 영역이 아닐까. 흡연의 위험성을 알리고, 스스로 금연 결단을 내려 그것을 실현할 수 있는 실효적인 방법을 가르치는 것이 담배 중독의 효과적인 치유책일 것이다.

나는 지금은 비흡연자이다. 아직도 담배를 완전히 끊었다고 자신하지는 못한다. 끊은 줄 알았다가 다시 피운 적이 부지기수이기 때문이다. 그래도 이제는 담배를 피우고 싶은 욕구를 느낄 때가 거의 없다. 혹시 지금 다시 담배를 입에 무는 경우가 있어도 중독의 재발이라고 여겨지지는 않을 것이다.

내가 담배 중독을 극복할 수 있었던 데에는 여러 가지 이유가 있는 것 같다. 우선은 직장을 퇴직하고 전원생활을 하면서 일에 대한 스트레스가 거의 사라진 것이 가장 큰 이유일 것이다. 게다가 당뇨와 고혈압 같은 질병이 장기화하면서 건강에 대한 염려가 커진 것도 큰 이유일 것이다.

그러나 이런 이유들 못지않게 나의 금연이 지속될 수 있는 데에는 흡연에 대한 나의 마음가짐이 중요한 요소가 되지 않았나 싶다. 전에는 금연 결심을 할 때 온몸과 마음에 잔뜩 힘이 들어갔던 것 같다. 그래서 결심 시기도 새해 첫날이나 생일날 같은 의미 있는 날을 선택했다. 친구나 가족들에게 금연 선언을 하기도 했다. 내가 얼마나 의지력이 있는 인간인가를 금연의 성공 여부에 걸기도 했다. 그런데 결과적으로는 힘을 준 만큼 지속력은 떨어지고 만 것 아닌가 하는 판단을 하게 된다. 마치 모든 운동에서 가장 중요한 것이 힘을 빼는 것이라고 강조되는 것과 같은 이치일까. 골프나

야구에서 힘이 잔뜩 들어간 스윙은 결코 공을 멀리 보낼 수 없지 않은가.

그래, 담배 한 대 피우면 어때? 근데 안 피울 수도 있잖아. 기침도 나는데 군이 피워야 하나. 담배라는 물질을 나의 삶에서 하찮은 존재로 바라보기 시작하면서 나는 흡연이든 금연이든 얽매이지 않기로 했다. 흡연을 대수롭지 않게 바라보게 되면서 금연에도 힘을 들이지 않게 되었다. 언제부터인지도 모르게 그렇게 된 듯하다. 금연을 위해 그렇게 애쓸 때는 언제부터 금연을 시작했고 오늘이 며칠째라는 걸 손꼽아 세고 있었다. 그러다 어느 순간 무너져 버렸다. 지금은 언제부터 담배를 안 피운 건지 정확히 알지도 못한다. 담배라는 존재가 나의 뇌리에서, 생활에서 스러져 가고 있는 것이다. 언젠가 내가 다시 한 번 담배를 입에 물지도 모르겠다. 그러면 어쩌랴. '아, 이 맛이었나.' 하고 옛날을 한번 떠올리는 것으로 충분하겠지.

저기 그곳에 내가 서 있네

"행복하세요"

"행복하세요."

얼마 전까지 지하철에서 듣는 말이었다. 경로교통카드를 지하철 개찰구에 갖다 대면 나오는 기계음이다. 이 말을 들으면 당연히 기분이 좋아야 할 것이다. 나에게 행복을 빌어 주는데 기분 나쁠 사람이 어디 있겠는가. 그런데 이 말을 들으면 기분이 씁쓰레해진다. 불쾌하다.

처음 들었을 때는 기뻤다. 바쁘고 복잡한 지하철에서 이런 인사 한마디가 승객들의 마음을 한결 가볍게 해 주는 듯했다. 지하철 운영자들의 따뜻한 배려가 느껴지기도 했다. 그러나 이 좋은 인사가 모든 승객들에게 하는 것이 아니라 경로교통카드 이용자들에게만 한다는 사실을 아는 순간 나의 기분은 찜찜해졌다.

"아니? 이건 내가 경로 대상자라는 사실을 옆 사람들에게 알리는 것밖에 더 돼?"

그래도 이때까지만 해도 지하철 측의 호의를 믿어 보려 애썼다. 어쨌든 나이든 사람들에 대한 존중의 뜻을 나타내는 것이라고 믿고 싶었다. 그러나 이런 기대마저 곧바로 여지없이 박살 나 버렸다.

행복을 기원하는 인사가 사실은 지하철을 부정 승차 하는 사람들을 골라내기 위한 암호문 같은 것이라는 사실을 알게 된 것이다. 만약 젊은 사람이 개찰구를 지나갈 때 '행복하세요.'라는 말이 나오면 그는 아버지나 할

아버지의 경로카드를 부정 사용 하고 있음이 금방 들통나지 않겠는가. 행복 인사의 목적이 부정 승차 단속을 위한 것이라는 사실은 지하철 당국이 밝히기도 했다. 나만이 아니었던 모양이다. 많은 경로 우대자들이 지하철 당국에 이런 인사가 불쾌하다면서 폐지를 요구하자 당국이 그 목적을 솔직하게 털어놓은 것이다. 어쩌면 지하철 당국은 "그게 기분 나쁘면 돈 내고 타시든지."라고 하고 싶었는지도 모르겠다.

목적이 무엇이든 '행복하세요.'라는 인사가 나쁜 것도 아닌데 그렇게 기분 나빠할 필요가 있느냐고 나를 나무라는 사람도 있었다. 나는 그 사람이 지하철 당국자라도 되는 듯이 화를 냈다.

노인들에게 지하철 무임승차를 허용하는 경로카드를 발급해 주는 취지는 어른들에 대한 존중의 뜻이라고 믿었다. 그래서 나는 그 카드를 쓸 때 기뻤다. 몇천 원의 교통비를 아낄 수 있는 것도 좋았지만 그보다는 배려를 받고 있다는 느낌이 고마웠던 것이다.

그런데 그게 아니었던 모양이다. 경로카드를 지하철 개찰구에 대면 나오는 행복 인사는 주위 사람들에게 마치 "이 사람 진짜 노인인지 살펴보고 아니면 신고하세요."라고 말하고 있는 것 같다. 내가 감시의 대상이 되었나? 이럴 바엔 차라리 '행복하세요.'라는 빈말 인사보다 "이 카드는 경로카드입니다."라고 하는 것이 훨씬 솔직하지 않겠는가. 노인들에게도 그게 당당할 것이다.

듣기 좋은 말일수록 진정성이 담겨 있지 않으면 오히려 불쾌감과 모욕감을 줄 뿐이다. 노인에 대한 진정한 존중과 배려가 없는 상태에서 카드 부정 사용자를 적발하기 위해 하는 기계음 인사말이 딱 그런 경우가 아니

저기 그곳에 내가 서 있네

겠는가.

그런데, 어느날 지하철 개찰구를 나설 때였다. 여느 때처럼 '행복하세요.' 인사가 나왔다. 근데 그때 주위에 사람이 아무도 없었다. 주위에 사람이 없다는 사실을 알고 나니 그 인사가 그렇게 불쾌하게 들리지 않았다. 어느 지하철역에서는 '행복하세요.'라는 인사가 내 귀에도 겨우 들릴 정도로 나지막했다. 옆 사람은 들을 수가 없었다. 그때도 나는 기분이 별로 나쁘지 않았다.

이게 뭐지? 내가 정말 불쾌하고 기분 나쁘게 생각한 이유가 뭐지? 지하철의 진정성 없는 인사? 좋은 인사를 부정 사용자 적발에 이용하는 불순한 의도? 그렇다면 누가 옆에 있든 없든, 소리가 크든 작든 이 말을 들으면 내 기분이 언짢아야 하지 않은가.

옆에 여러 사람이 있을 때는 기분 나쁜 말이 나 혼자 들을 때는 그렇지 않다는 것은 결국 그 말을 다른 사람들이 듣고 있다는 사실이 신경 쓰인다는 뜻이 아닌가. 내가 정말 불편한 이유는 '행복하세요.'라는 인사가 주위 사람들에게 "이 사람 경로 대상자예요."라고 큰 소리로 알려 주는 것 같기 때문은 아닐까. 평소에는 별로 나이를 의식하지 않고 지내다가 지하철을 탈 때는 어김없이 내 나이가 확인되는 것이 싫은 것이 아닐까. 그런 내심을 숨긴 채 '지하철 당국이 진정성이 있네, 없네. 의도가 불순하네, 어떻네.' 하면서 화풀이를 하고 있는 것이 아닐까. 웬만해선 지하철 안 경로석 근처에 가지 않는 것도 나의 나이를 드러내고 싶지 않아서가 아닐까.

나는 가능하면 앞으로 노인 상담을 해 보고 싶다. 나이 든 나 같은 사람이 노인 상담에 적당하지 않을까 생각한다. 그런데 나 스스로 노인이라는 사실을 자랑스러워하기는커녕 가능하면 스스로 의식하지 않으려 하고 있으니 이를 어쩌랴. 노인들에게 살아온 인생에 대한 자부심을 갖고 당당하게 살아가라고 내가 어떻게 말할 수 있을까. "행복하세요."라는 인사라도 할 수 있을까. 어쨌든 요즘은 지하철에서 이 말이 사라진 것 같아 다행이라고 생각한다.

저기 그곳에 내가 서 있네

경험 노이로제

학교 수업에는 매주 경험보고서를 제출해야 하는 경우가 많다. 자신의 감정 변화를 잘 살펴보면서 그것을 보고서로 제출해야 한다. 매주 뭔가 새로운 내면의 경험을 포착하고 그걸 글로 쓴다는 게 쉬운 일이 아니다. 경험보고서 노이로제를 겪고 있는 듯하기도 했다.

노이로제, 곧 신경증의 분명한 증세 중 하나는 스트레스라고 한다. 나는 경험보고서를 쓰느라 분명히 스트레스를 느낀다. 식욕 부진이나 수면 장애 등 다른 신체적 불편감은 별로 느끼지 않는 걸로 보아 노이로제 증세가 심한 것 같지는 않다.

경험? 도대체 경험이 무엇인가. 국어사전에는 '1, 자신이 실제로 해 보거나 겪어 봄. 또는 거기서 얻은 지식이나 기능. 2, 객관적 대상에 대한 감각이나 지각 작용에 의하여 깨닫게 되는 내용'이라고 나와 있다.

경험보고서에서 말하는 경험은 아마도 1보다는 2에 가까울 것이다. 감각이나 지각 작용에 의해 깨달은 내용을 쓰라고 하는 것 아니겠는가. 깨달은 것도 지식적인 것이라기보다 감정 영역의 새로운 지각을 말할 것이다.

결국 경험보고서는 어떤 상황에서 나의 감정 상태를 살펴보고 그 실체와 변화를 기록하는 것이라고 나름대로 이해하고 있다. 그러니 경험보고서를 쓰려면 끊임없이 나의 감정을 지켜보고 느끼면서 새로운 느낌이나 변화를 포착해야 한다. 이게 보통 일이 아니다.

웬만한 감정은 너무 일상적이고 보편적인 것으로 여겨져 보고서 거리가 되지 않는다. 어쩌다 평소와 조금 다른 감정을 느낄 경우에도 이게 너무 일시적인, 휙 지나가는 감정이 아닌가 싶어 딱 꼬집어 보고서로 쓰기가 마땅치 않다. 보고서를 쓰기 위해 감정을 과장하고 있는 것은 아닌가 하는 생각이 들 때도 있다. 이야기가 되게 하려면 중간중간에 약간의 각색이 필요할 때도 없지 않은 것이다.

무엇보다 경험보고서를 쓰기 위해 나의 감정을 매 순간 밀착 관찰하는 것이 피로감을 준다. 나의 감정을 살피고, 정확하게 파악하며, 세밀하고 구체적으로 묘사하고 드러내는 것이 나를 이해하기 위해 필요한 과정임은 분명하다. 나아가 타인을 이해하고 상담을 하기 위해서는 이런 훈련이 더욱 필요하다는 것도 알겠다.

그러나 나의 감정도 때론 조용히 혼자 있고 싶지 않을까. 아무리 나의 감정이지만 매순간 들춰보고, 어떻냐고 묻고, 설명해 보라고 보채면 얼마나 성가실까. 매주 경험보고서를 쓰면서부터 나의 감정을 가만히 놓아두는 경우가 거의 없는 듯하다. 때론 어떤 감정에 빠져들어 아무 생각 없이 그 감정에 젖어 들기도 한다. 그러나 그런 순간에도 곧 정신을 차리고는 그 감정을 살피고 분석하려 든다. '보고'를 해야 하기 때문이다.

이런 태도가 바람직한지 어떤지 잘 모르겠다. 인간적 관점에서는 별로 좋지 않을 수도 있을 것 같다. 좀 편하게 무디게, 때론 나 자신도 잊고 그냥 사는 게 좋지 않을까. 그러나 상담을 공부하는 입장에서는 이야기가 달라진다.

이래저래 경험보고서는 힘들다. 그래도 가끔씩 경험보고서를 쓰고 나면

저기 그곳에 내가 서 있네

즐거울 때도 있다. 나를 새롭게 발견한 듯한 기분이 들 때다. 나의 감정을 살피고 변화를 알아채는 일은 참 어렵다. 그러나 그만큼 나를 알아가는 즐거움이 있다.

고추 지지대를 세우며

요즘은 텃밭 농사로 바쁘다. 전업 농부들이 들으면 웃긴다고 하겠지만 어쨌든 나름 바쁘다. 오늘은 고추와 토마토 등에 지지대를 세워 주었다.

열흘쯤 전에 모종을 심으면서 지지대도 동시에 세워 줄까 하다가 미루었는데 오늘에야 지지대를 세우면서 마음이 짠해졌다. 토마토가 똑바로 서지 못하고, 땅에 누워서 좀 자란 뒤 다시 위로 자라고 있었다. 모양이 기형적인 데다 지지대에 묶어 주기가 까다로웠다. 땅에 누운 줄기를 바로 세우고 다시 위로 자란 가지를 곧추 세우려다 보니 자칫 줄기가 부러질 뻔하기도 했다. 모종을 심고 바로 지지대를 세워 주지 못한 것이 후회스러웠다.

마음이 짠해진 것은 이런 토마토를 보면서 우리 아이들이 생각났기 때문이다. 토마토나 고추처럼 아이들한테도 지지대가 필요하겠구나. 그리고 지지대는 시기를 놓치면 안 되는구나. 아차, 늦으면 지금 이 토마토처럼 줄기가 땅을 기고 다시 하늘을 향하는 등 기형이 될 수도 있구나. 토마토 중 딱 한 그루는 지지대 없이도 곧게 잘 자라고 있었지만 그래도 지지대는 필요할 것이다. 나중에 비바람 치고 태풍이 불 때 지지대가 없으면 그냥 넘어지고 말 테니 말이다.

지지대를 세우면서 나는 아버지로서 아이들이 어릴 때 제대로 지지대 역할을 했던가 하는 생각이랄까, 회한을 떨칠 수 없었다. 내가 좀 더 일찍 감치 지지대 역할을 충실히 했더라면 아이들의 삶이 좀 더 나아지지 않았을까 하는 생각이었다. 우리 아이들이 훌륭한 자질과 성품을 가졌다는 믿음은 확실하지만, 이들이 그 잠재 역량을 충분히 발휘했는지에 대해서는 자신이 없다. 바로 그 부분이 자꾸만 나의 책임으로 여겨지는 것이다.

아이들 생각을 하면 뿌듯하면서도 애틋한 감정을 감추기 어렵다. 뿌듯한 것은 이들이 잘 자라서 자식으로서 역할을 훌륭히 해 주는 데 대한 감사함이고, 애틋한 것은 부모로서 현명하고 세밀한 관심과 지지가 부족했다고 느끼는 자책감이다. 특히 나의 해외 근무 기간 동안 어릴 적 아이들이 외국에서 제대로 보살핌을 받지 못했다는 아쉬움은 두고두고 남아 있다.

그러나 내가 자식들에 대해 갖는 이 두 가지 다른 감정은 사실 동전의 양면처럼 서로 보완적이라는 생각이 위안이 되기도 한다. 그들은 부모의 보살핌과는 별개로 어쨌든 스스로 자신들의 인생을 키워 온 것 아닌가. 고추나 토마토를 지지대에 너무 바짝 묶어 놓으면 오히려 성장에 장애가 될 것임은 한눈에 알 수 있다. 부모의 지지도 그런 것 아닐까.

이런저런 생각들이 며칠간 비 온 후에 오랜만에 햇볕 쨍쨍한 하늘로 흩어지고 마음도 날아간다.

꽃보다 사람

수십 명이 멤버로 있는 단체 카톡방에 초대되어 회원이 되었다. 아는 사람은 몇 명밖에 없다. 초청해 준 사람을 생각해서 단톡방을 나가지도 못하고 있다. 나는 여기에 글을 올린 적이 없다. 글은 올리지 않지만 올라오는 글들은 가끔 보게 된다. 대개는 나이 들어 가면서 필요한 세상 사는 지혜나 건강 정보 등이다.

자주 글을 올리는 사람들은 이름도 얼굴도 모르지만 그들이 올리는 글이나 사진들을 보면 성격이나 삶의 태도 등을 대충 짐작할 수가 있다. 한 사람은 음미할 만한 시를 자주 올리는데 그 시를 읽으면서 그의 품격 같은 걸 느낄 수가 있다.

어느 날 아침, 이 카톡방에 멋진 사진 두 장이 올라 왔다. 꽃 사진이었다. 나도 평소 휴대폰으로 꽃 사진을 자주 찍는 편이라 사진 찍은 사람의 느낌을 알 것도 같았다.

그런데, 그 사진을 올린 사람의 이름을 보고는 곧바로 카톡을 닫아 버렸다. 아름답던 꽃도 다시 보기가 싫어졌다. 그 사람은 내가 만난 적이 없다. 이야기를 해 본 적도 없고, 그에 대해서 아는 것도 없다. 다만 그가 올리는 글들을 보면서 나는 그가 싫어졌다. 오만한 사람이라는 느낌이 들었다. 이 사람은 가끔씩 다른 멤버를 대놓고 비난하기도 한다.

이 사람은 전원주택에 사는 듯 했다. 집을 잘 가꾸어 놓고는 종종 집 사진을 카톡방에 올린다. 오늘 사진도 자기 집 정원 꽃 사진이었다. 나도 전원주택에 사는 입장에서 이게 반가워야 할 텐데 그렇지가 않다.

하여튼 나는 멋모르고 꽃만 보고 좋아하던 마음이 찜찜해졌다. 꽃만 보았을 때 순수하게 좋던 마음이 그 꽃을 보낸 사람과 연결되면서 꽃에 대한 감정도 180도 달라져 버렸다.

이게 뭘까. 우리는 어떤 대상을 보고 지각할 때 그 대상 자체만으로 느끼고 받아들이지는 않는구나. 그 대상에서 연상되는 것에 대한 느낌이 첫 느낌을 압도해 버리기도 하는구나. 그리고 무엇보다도 사람에 대한 느낌과 감정은 그 어떤 것에 대한 느낌보다도 강렬한 것이구나. 참으로 꽃보다 사람이구나.

내 안에 고라니가 살고 있었네

시골 전원주택에 살다 보니 종종 고라니를 만나는 경우가 있다. 직접 만나 본 고라니는 귀엽고 착하기 그지없어 보인다. 그런데 머리는 좀 나쁜 것 같고 특히 목소리가 정말 별로다.

밤중에 자동차로 시골길을 달리다 다리 한가운데서 고라니와 만나기도 했다. 차를 세우고 경적을 울려도 이 녀석은 눈만 크게 뜨고 어쩔 줄 몰라 했다. 양쪽 옆은 하천이라 뒤로 돌아가면 되는데 그걸 몰라 우두커니 선 채 한참 동안 겁먹은 눈으로 자동차를 바라보다 허둥지둥 도망가는 모습이 애처롭고도 우스꽝스러웠다.

한번은 집 텃밭에 새끼 고라니 한 마리가 들어왔다가 인기척에 놀라 도망가다 울타리 틈새에 끼어 꼼짝 못하는 신세가 되었다. 꽥꽥 목 따는 소리를 내며 울부짖는 이놈을 내 힘으로는 도저히 빼낼 수가 없어 119의 도움을 받기도 했다. 하여튼 고라니의 목 따는 듯한 소리는 귀여운 모습과는 너무나 대조적으로 듣기에 불편할 정도다.

얼마 전 아내랑 꽃 묘목을 사러 시내의 화원에 들렀다. 꽃집 앞은 많은 자동차들이 밀려와 주차 공간이 없었다. 부득이 가까운 건물 앞에 차를 세우고 아내만 꽃집으로 가고 나는 차 안에 남아 있어야 했다. 아내에게 꽃집에 가서 얼른 사려는 꽃이 있는지 확인하고, 있으면 나에게 전화하면 차를 좀 먼 곳에라도 주차하고 꽃집으로 가겠노라고 했다. 사려는 꽃이 없으면 곧바로 차로 돌아오기로 했다.

차들이 들락날락하는 건물 입구에 차를 세우고 있으려니 조바심이 났다. 다른 차가 들어오거나 나올 때는 얼른 차를 좀 비켜 세워야 했다. 조금만 늦어도 경적을 빵빵 울려 댔다. 시간이 지나는데도 아내로부터는 전화도 없고 오지도 않았다. 점점 짜증은 올라가고 화도 나기 시작했다. 참다 못해 아내에게 전화를 했고, 아내는 돌아오려는 참이라고 했다. 아내가 차를 타자마자 나는 거센 숨을 몰아쉬며 쏘아붙였다.

"늦으면 늦는다고 전화를 해야 할 것 아니오."

나는 당연히 아내가 미안해할 줄 알았다. 그런데 뜻밖이었다.

"꽃집에 사람이 없는데 어떡해요."

아내의 목소리에도 짜증이 묻어 있었다. 순간 나는 화가 폭발할 것 같았지만 일단 꾹 참았다. 그러나 잠깐이었다. 도저히 화를 참지 못한 내 입에서는 괴성이 터져 나왔다.

"우~~~~왁!"

짜증과 화가 폭발한 것이다. 여기에다 차 세워 놓고 이 차, 저 차에 시달리는 게 얼마나 짜증 나는 줄 아느냐. 왜 전화를 빨리 하지 않았느냐. 이런저런 말들을 쏟아 내고 싶었지만 또박또박 말을 할 기분이 아니었다. 이런저런 기분과 할 말이 하나로 뭉쳐져 비명 같은 고함이 터져 나온 것이다.

그리고 그만이었다. 우리는 둘 다 입을 꾹 다물었다. 더 이상 할 말도 없거니와 한마디만 더 하면 진짜 전쟁이 터질 것을 알기 때문이다. 그러나 이런 상태가 오래 가지는 않는다는 것도 우리는 경험칙으로 잘 알고 있었다. 나이가 들어갈수록 화를 내는 시간은 줄고 화해는 빨리 하는 편이었다.

집에 도착한 후 아내가 웃으며 말했다.

"아까 당신이 괴성을 지를 때 고라니인 줄 알았어요."

나도 웃음이 났다. 아, 내 안에 고라니 한 마리가 살고 있었구나. 내가 그토록 싫어하는 소리를 내는 고라니가. 그래도 화를 무조건 꾹꾹 눌러 담기보다는 고라니의 괴성으로라도 뿜어내는 것이 낫지 않을까라는 생각도 해 본다. 고라니의 괴성은 내가 화가 몹시 났다는 사실을 나 자신에게, 그리고 상대에게 분명하게 알리는 호루라기 같은 것은 아닐까. 억제하기 힘든 화가 치밀어 오르는 순간, 내 안의 고라니가 알려 주고 드러내는 것이 아닐까.

〈I am Solo〉에서 나를 보다

나는 요즘 〈I am Solo〉라는 TV 프로를 즐겨 본다. 남녀 각 6명, 모두 12명의 청춘 남녀 또는 이혼 남녀들이 5박 6일 동안 함께 지내며 서로 마음에 맞는 짝을 찾아가는 프로다. 나이 든 사람이 뭐 이런 프로를 좋아 하느냐고 주변에서 뭐라 하는 사람도 있지만 어쨌든 나는 재미가 있다.

이 프로를 나에게 소개해 준 사람은 상담학과 학우이다. 사람들의 심리, 특히 이성 관계에서 작용하는 심리를 엿볼 수 있는 프로라서 상담학 공부에 도움이 될 수 있다는 것이었다. 처음에는 그러려니 하고 약간은 의무감에서 보기 시작했는데 볼수록 묘한 재미가 있었다. 내가 이런 프로를 좋아했나 싶기도 했다.

사람이 사람을 좋아하는 기준은 각양각색일 것이다. 외모, 직업, 성격, 집안 등등의 기준에다 어떤 사람은 자신과 다른 타입의 사람을 선호할 것이고, 어떤 사람은 자신과 비슷한 타입을 좋아할 것이다.

나는 이 프로를 보면서 '아, 내가 저런 사람을 좋아하는구나.' 하고 느낄 때가 많다. 그러다가 그 사람이 내뱉는 말 한마디, 행동 하나에 "에이." 하고 고개를 돌릴 때도 적지 않다. 물론 프로 진행상 편집과 각색이 들어갔을 수도 있고, 그렇지 않더라도 나와는 아무 관계 없는 사람들이니 내 마음대로 좋아했다가 싫어했다가 한들 무슨 상관 있겠는가. 다만 내가 사람을 좋아하고 싫어하는 마음이 이렇구나 하고 느낄 따름이다.

이 프로를 보면서 놀라는 것은 요즘 소위 MZ세대들의 거침없는 생각과 태도이다. 이런 프로에 나온 사람들이니 일반적인 사람보다는 용기와 개성이 두드러진 사람들일 것이다. 그런 점을 감안하고 보더라도 이들의 말과 행동은 나에게 놀라울 때가 한두 번이 아니다. 자신의 과거 연애 경험을 거침없이 털어놓고, 좋아하고 싫어하는 점을 똑 부러지게 드러내는가 하면, 내면의 느낌과 생각을 조리 있게 설명해 내는 능력이 놀라울 지경이다. 나에겐 세대 차이를 확실하게 보여 주는 장면들이다.

이 프로의 흥미는 출연자들 간의 애정 기압골이 시시각각 변해 나가는 역동성이다. 첫 인상에서 느낀 호오 감정이 자기소개를 통해 학력과 직업 등이 밝혀지면서 변하게 되고, 또 1대1 데이트 등을 통해 성격과 가치관 등을 파악하면서 애정 전선은 드라마틱하게 변하게 된다. 좋은 사람을 향해 직진하는 돌격형, 주변 상황을 살피는 탐색형, 상대가 먼저 다가오기를 기다리는 매복형, 다른 사람의 파트너를 탈취하려는 전투형 등등. 이들 간에 종횡무진으로 펼쳐지는 갈등과 질투와 전략과 타협은 그 어떤 드라마보다 리얼하다.

나는 평소 내가 다른 사람의 일에는 비교적 무관심한 편이라고 생각했다. 특히 다른 사람의 이성 관계나 애정 관계에는 별로 관심이 없다고 생각했다. 그런데 왜 이 프로는 재미가 있지? 더구나 나와는 아무 상관도 없는 TV 프로에 불과한데?

두 아들 녀석이 장가가기를 간절히 기다리고 있는 상황이라 젊은이들의 연애 양태에 관심이 많은 것인가. 그것만은 아닌 것 같다. 아마도 나는 사람들의 관계에 원래 관심이 많은지도 모르겠다. 내가 늘그막에 상담학을

　　　　　　　　　저기 그곳에 내가 서 있네

공부하게 된 데에도 그런 연유가 있을 것이다. TV 프로를 보면서 나의 내면의 한 단면을 살펴보게 된다.

"아, 기분 좋다" 외친 것은

오늘은 아침부터 기분이 오락가락했다. 이유는 잘 모르겠고 그냥 기분이 가벼웠다가 좀 언짢다가 그랬다. 아침 식탁에서도 별말 없이 식사만 했다. 아내도 내 기분을 눈치 챘는지 말이 없었다.

아침 식사 후 아내가 다니는 시내 병원으로 갔다. 아내가 운전을 하지 않아 내가 운전해야 했다. 아내는 운전을 못 하는 것이 아니라 오래전 차 뒷바퀴가 논두렁에 빠지는 작은 사고 이후 핸들을 잡지 않는다. 그러다 보니 병원은 물론이고 마트를 갈 때나 어디든 내가 차로 모시고 다녀야 한다. 겉으로 잘 드러내지는 않지만 이게 나로서는 내심 불편하고 짜증 날 때도 있다. 아내가 가까운 곳은 혼자 다닐 수 있게 4륜 전동차를 마련했지만 이것도 잘 타지 않으려 한다. 오늘 아침부터 좀 기분이 가라앉은 것도 오늘도 운전기사 노릇해야 하나 하는 생각 때문인지도 모르겠다.

하여튼 아내가 병원에 들어가고 나는 근처 공원에 차를 세워 두고 남한강 전경을 즐기며 시간을 보냈다. 기분도 한결 좋아졌다. 두 시간쯤 후 아내와 다시 만나 점심 식사를 하러 단골 식당에 갔다. 평소처럼 농담도 주고받으며 가벼운 마음이었다. 아내는 평소처럼 순두부를 시키고 나는 처음으로 콩국수를 시켰다. 나도 이 집 순두부를 좋아하지만 여름 특미로 하는 콩국수도 맛있게 보였다. 또 식사량이 적은 아내가 어차피 순두부 한 그릇을 다 먹지는 못할 테니 그것도 먹으면 되겠다 싶었다.

나의 계산대로 나는 콩국수 한 그릇을 다 먹고 또 순두부 반 그릇 정도를 맛있게 먹었다. 문제는 그다음이었다. 배가 너무 불러 기분이 불쾌해지기 시작했다. 게다가 먹은 게 정말 너무나 잡탕이었다. 차가운 콩국물에 쫄깃한 국수, 여기에 뜨거운 순두부와 밥, 순두부에 들어 있는 게와 새우 조개 등등.

이 모든 게 뱃속에서 뒤엉키니 배는 빵빵하게 부른 데다 더부룩하고 불편했다. 나는 짜증을 내기 시작했다. 아내가 왜 그러냐고 묻길래 배가 너무 불러서 그렇다고 했다. 그리고는 한마디 덧붙였다. 역시 신체 상태가 감정을 좌우한다고. 상담학 공부하는 유세를 한 것이다. 그런데 아내가 의외의 일격을 가했다. 배가 불러 기분이 안 좋은 게 아니라 감정이 안 좋으니 몸이 불편한 거라고. 나는 '에이, 그럴 리가.' 했다. 그런데 가만히 생각해 보니 일리가 있는 말인 듯했다. 배가 부르다고 늘 기분이 나빠지는 것은 아니지 않은가. 어떤 땐 배가 터지도록 먹어도 즐겁고 유쾌한 때가 있지 않은가.

아내가 한마디 덧붙였다. 오늘 아침부터 당신 기분 안 좋았지 않았냐고. 원래 기분이 안 좋으니 배가 불편한 거 아니냐는 뜻이었다. 아, 여기 진짜 상담학 고수가 계시구나 싶었다.

신체와 감정이 밀접하게 상호작용 하는 것은 분명히 느끼겠지만 어느 것이 먼저고 어느 것이 뒤인지는 아직 정확히 알아채지 못하겠다.

집에 돌아와 나는 외쳤다. "아, 기분 좋다. 하하하." 그러니 기분이 좋아졌다. 그렇게 외쳐서 기분이 좋아졌을까, 아니면 기분이 좋아져서 그렇게 외친 것일까. 잘 모르겠다. 다만 나는 나의 신체와 감정과 생각과 기억을 계속 살피고 알아채려 하고 있는 것만은 분명하다.

감정의 묘사

정원에서 잡초를 뽑다가 잔디밭에 드러누웠다. 팔과 허리가 뻐근하다. 4월의 햇볕은 너무나 따스하다. 오랜만에 미세먼지도 거의 없는 듯 멀리 용문산의 능선이 뚜렷하다. 하늘도 파랗다. 봄의 미풍도 살랑거린다. 집안의 매화, 벚꽃, 복숭아, 살구꽃이 요란하게 피어난다.

누워서 직각으로 바라보는 하늘은 서서 30~60도 각도로 보는 하늘과 달리 무척 가깝게 느껴진다. 흰 구름 몇 덩어리가 펼쳐져 있고 그 위 하늘 높이 여객기 한 대가 조그맣게 날아간다.

지금의 내 마음, 감정, 느낌은 무어라고 해야 하나.

편안하다? 감미롭다? 따스하다? 졸립다? 아무 생각 없다?

아내가 곁에 와서 말을 건넨다.

"잔디에 누우면 진드기 옮아요."

내가 아무 말이 없자 아내는 돗자리를 건네주며 나의 기색을 살핀다.

"기분이 어때요?"

정말! 지금 내 기분은 정말 어떤가.

나의 기분, 느낌을 어떻게 아내에게 전달할 수 있을까. 그냥 "편하고 좋아요." 하면 될 것이다. 그러나 그것은 나의 지금 기분을 묘사하는 데 턱없이 부족한 표현이다. 아무리 생각해 봐도 지금 내 기분을 형용사 몇 개로 묘사하기는 불가능해 보인다. 나의 어휘력과 언어 구사력이 부족한 탓이

저기 그곳에 내가 서 있네

클 것이다. 그러나 아무리 뛰어난 시인일지라도 나의 이런 느낌을 몇 마디 단어로 충분히 표현할 수 있을까. 지금의 내 기분은 지금의 상황을 있는 그대로 묘사하는 방식으로 표현하는 게 그나마 최선일 것이다.

"파란 하늘과 흰 구름. 봄의 햇살과 미풍. 그 속에 작업으로 지친 몸을 잔디밭에 누이고 가만히 하늘을 바라보고 있을 때의 느낌."이라고.

나는 그동안 상담 축어록 등을 보면서 내담자가 자신의 느낌을 비유적으로 표현하는 것에 별로 공감하지 못했다. 그냥 한두 마디로 하면 될 걸 뭘 그리 길게 표현하고 있나 싶었다. 약간 멋을 부리고 현학적으로 보이려고 하는 것 아닌가 하는 생각이 들 때도 있었다.

그러나 봄의 잔디밭에 드러누워 있으면서 나는 알게 됐다. 나의 기분이나 감정을 정확히 표현하는 데는 비유적 방법이 적확할 때가 있다는 사실을. 기쁘다, 슬프다, 화난다 등등의 표현이 얼마나 넓은 감정의 스펙트럼을 갖고 있는지, 그리고 자칫 오해를 불러 올 수도 있다는 사실을.

언젠가 나는 나의 어떤 기분을 표현할 때 이런 말을 할지도 모르겠다.

"파란 잔디밭에 누워 봄의 햇살과 바람을 맞으며 파란 하늘을 바라보고 있는 듯한 기분이에요."

그것은 내가 경험한 느낌이기에 그 어떤 형용사보다도 정확한 나의 느낌일 것이다.

귀여운 노인

　나는 전철을 자주 탄다. 경기도 시골에 살다 보니 장거리 전철을 탈 때가 많다. 20여 개의 역을 통과해야 한다. 1시간 30분 이상 걸린다.

　처음에 자리를 잡지 못하면 한참을 서서 가야 하기 일쑤다. 경로석이 대개 자리 잡기 수월하지만 나는 경로석 근처에는 가지 않는다. 역 플랫폼 바닥에 전동차 출입문 번호가 적혀 있는데 끝이 1이나 4의 출입문으로 들어가면 바로 경로석이 나온다. 나는 지하철을 기다릴 때부터 이 번호는 피하고 2나 3번 출입구에 서게 된다. 내가 경로석을 피하는 것은 노인으로 보이는 게 싫어서이다. 경로우대증으로 지하철 무임승차의 혜택은 누리면서도 정작 노인 대접은 싫은 것이다.

　그러면서도 빈자리에는 가급적 빨리 앉고 싶어 한다. 장거리인 이유가 크다. 주위에 앉아 있는 사람들 중 누가 다음 역에 내릴지 나름대로 이리저리 살피면서 눈을 번뜩인다. 그러나 이때도 점잖은 척한다. 고개를 이리저리 돌리는 일은 결코 없다. 곁눈질만 할 뿐이다. 자리 하나 잡으려고 초조하게 안달하는 사람으로는 절대 보이고 싶지 않다. 그것은 주책스런 노인의 거동으로 비치기 십상이라고 생각한다.

　주변 사람이 자리에서 일어나도 나는 천천히 움직인다. 점잖게 보이기 위해서다. 그러다가 누가 잽싸게 그 자리에 앉아 버리면 속이 뒤집어진다. 경쟁자가 나보다 젊은 사람이면 속으로 욕을 한 바가지 쏟아 낸다. 물론

　　　　　　　　　　저기 그곳에 내가 서 있네

이럴 때도 겉으로는 아무렇지도 않은 듯 태연한 표정과 몸짓을 보인다. 화난 표정은 절대 금물이다.

나는 지하철 안에서의 나의 이런 행동이 위선적이라고 생각한다. 그냥 경로석으로 가든지, 아니면 빈자리가 생기면 잽싸게 자리를 차지하면 될 텐데 왜 그러지 못하는가. 말할 것도 없이 타인의 시선을 의식하기 때문이다. 도대체 언제까지 타인의 시선에 갇혀서 살겠다는 것인가, 자책할 때도 없지 않다.

그런데 나는 이런 나의 위선이 그렇게 싫지는 않다. 남에게 아무런 피해를 주는 것도 아닌데, 나의 생각대로, 나의 편리함대로 행동하지 못하는 나 자신이 답답할 때도 물론 많다. 체면과 위선을 벗어던지자고 다짐하기도 한다.

그러나 이런 나 자신을 거리를 좀 두고 바라보면 그렇게 밉지가 않다. 그래, 다른 사람이 나에게 신경을 쓰든 말든, 내가 그들의 시선을 의식해 혼자 좀 끙끙대는 것이 나쁠 게 어디 있겠나. 그러고 싶으니 그러겠지 싶다.

젊은 척, 점잖은 척하다 자리 새치기당하고는 지친 다리로 서서 가면서 속으로 온갖 불평을 해 대는 가엾은 노인. 그 노인을 바라보면서 나는 우습고 유쾌해진다. 거참, 귀여운 노인일세.

죽음으로 가는 여정의 시작

　나는 요즘 집 가꾸는 일에 푹 빠져 있다. 전원주택으로 이사 온 지 6년이 지났는데 이제야 집을 가꾸고 새롭게 꾸미는 일의 재미를 알게 된 듯하다. 지금까지도 전원주택의 생활에 만족하면서 즐겁게 지냈다. 그러나 지금까지는 집이나 정원, 텃밭의 구조는 거의 그대로 둔 채 잡초 제거 등 최소한의 노동만 하면서 편하게 지내 온 셈이다. 그러나 요즘은 집 곳곳을 새롭게 만드느라 정신이 없다. 돈도 수월찮게 들어간다.

　우선 울타리를 새로 단장했다. 그리고는 철제 울타리 안쪽에 각종 넝쿨 장미를 심었다. 작약도 대폭 보강했다. 라일락도 늘렸다. 지나가던 이웃들이 걸음을 멈추고 집 칭찬을 해주면 힘이 솟는다. 정원 한쪽에는 미니 로즈가든을 만들고 여러 색깔의 유럽 땅장미를 심었다. 그 옆에 접시꽃 한 그루를 심고 작은 돌들로 경계를 만드니 앙증맞기 그지없다. 정원 테이블에 그늘을 제공하는 파라솔도 대형으로 바꾸었다. 정원과 텃밭에 3색 버드나무인 셀릭스를 심으니 정원 전체가 반짝반짝 빛난다. 땅두릅과 명이나물, 아스파라가스와 미나리 등이 자라는 텃밭의 김매기도 보통 일이 아니다. 정원 잔디밭의 잡초 뽑기는 휴식에 가깝다.

　아침부터 시작한 노동은 해가 지고 나서야 끝난다. 점심도 간식도 간단히 때우기 일쑤다. 아내는 몸살 나겠다며 쉬엄쉬엄하라고 재촉이다. 그러나 한 달 넘게 이 일에 몰입해 있으면서도 몸살은커녕 잠만 잘 잔다. 이렇게 재미있는 육체노동을 해 본 기억이 없다. 잠자리에 들면 내일 할 일을 생각하면서 가슴이 뛰기도 한다.

내가 신바람을 내고 있는 데에는 아내의 친구들이 곧 우리 집을 찾아온다는 사실도 작용했다. 아내의 자존심을 한껏 살려 주고 싶은 것이다. 집을 최대한 멋지게 꾸며 친구들의 감탄을 자아내고야 말겠다는 각오가 끓어오른다. 그러면 아내가 전원주택에 계속 살기를 원할 수도 있다는 속셈이기도 하다.

그러나 나는 느낀다. 내가 이렇게 주택 개량사업에 열정을 불태우고 있는 가장 깊은 이유가 무엇인지를 어렴풋 느낀다. 아내와 나는 몇 달 전 전원주택을 떠나 시내 아파트로 이사하기로 뜻을 모았다. 아내가 좀 더 활기 있는 생활을 하기 위해서는 각종 문화시설과 편의시설이 밀집해 있는 시내가 낫다고 판단한 것이다. 무엇보다 아내는 현재의 전원주택이 자신이 감당하기에는 너무 넓어 압박감을 느낀다고 했다. 집안 여기저기 손볼 곳이 늘어나는 것도 부담스럽고, 텃밭의 잡초도 정원의 소나무 송화 가루도 감당하기 어렵다고 토로한다. 아파트로 가면 무엇이 좋겠느냐고 물었다. 아내는 편안하고 편리하고 아늑하다고 했다. 편안하고 아늑하다?

우리는 부동산에 집을 내놓았다. 그러고는 지금 집을 예쁘게 꾸미는 일에 몸과 마음을 바치고 있는 것이다. 이게 뭔가? 이 집에 대한 마지막 예의이고 열정일까. 집이 잘 팔리게 하기 위한 것일까. 둘 다 맞을 것이다. 그러나 나는 아내가 편안함과 편리함과 아늑함을 이야기했을 때 내 속에서도 그것을 바라고 있는 자신을 느꼈다. 이제 그만 아파트로 가서 아늑한 공간에서 신경 쓸 일 없이 편안한 삶을 살고 싶어 하는 마음이 꿈틀대고 있는 것이다.

갈수록 집이 아름다워지면서, 무엇보다 내가 집 가꾸기에 열심인 모습을 보면서 아내는 '이곳에 계속 살까요?'라는 말을 하곤 한다. 우리는 지금 고민 중이다.

우리가 어떤 선택을 할지는 나도 모르겠다. 그러나 한 가지 분명한 사실은 이제 시간이 갈수록 우리는 편안함과 아늑함을 추구하는 마음이 커질 것이라는 점이다. 그 편안함은 무엇을 추구하는 욕구라기보다는 반대로 어떤 욕구를 포기하거나 내려놓을 때 생겨나는 것일 게다. 그리고 그것은 곧 나이 들어감의 가장 뚜렷한 징표일 것이다. 다른 말로 하자면 죽음으로 가는 여정의 시작이라고 할 수 있을 것이다. 앞으로 나의 삶의 공간은 전원주택-아파트-실버타운-요양원-요양병원-호스피스 병동으로 차례로 옮겨갈 가능성이 높다. 그리고 종국에는….

이런 생각으로 나의 마음은 서글프거나 참담해지지 않는다. 삶의 당연한 과정으로 여겨져 담담할 뿐이다. 일부러 편안함을 거부할 생각도 없다. 삶의 역동과 안정, 이 둘의 시소게임에서 또는 그 갈림길에서 나는 역동의 열정을 불태우면서 동시에 안정으로 가는 길에 시선과 마음을 보내고 있는지도 모르겠다.

저기 그곳에 내가 서 있네

저기 그곳에 내가 서 있네

상담 공부를 시작한 초기에 첫 상담 실습수업을 끝내면서 교수님은 실습한 느낌을 각자 시로 써서 제출하라고 했다. 상담은 한 번에 한 시간씩 3회기(세 번)에 걸쳐 이루어졌다. 첫 상담에 대한 나의 느낌은 대학원을 졸업할 때까지도 크게 변하지 않았다. 그 심정을 담은 시로 이 책의 마지막 페이지를 닫고자 한다.

저기 그곳에 내가 서 있네
-첫 상담 실습 3회기를 마치며-

하늘을 우러러 한 점 부끄럼 없이
잎새에 이는 바람에 괴로워하지 않고도
당신은 윤동주를 알 수 있습니까

주체할 수 없는 격정에 자신의 귀를 잘라
철철 흐르는 피를 보지 않고도
우리는 빈센트 반 고흐를 알 수 있을까요

사람이 사람의 마음을 안다는 것

그 공감으로 내 가슴에 울림이 온다는 것

그런 벅찬 길, 그런 유혹의 길이 있다는 걸 알고

나는 가슴이 뛰었습니다

그러나 정작 그 길이 얼마나 처절하고

얼마나 절박해야 하는지는 미처 몰랐습니다

이제야 처음으로 잠시 들어가 본 그 길

첫 발걸음의 설렘은 금세 나의 무지와 무모함으로 비틀거립니다

님의 침묵 앞에 나의 머리는 하얘지고

나의 입은 고삐 풀린 망아지처럼 이리저리 뛰놉니다

당황하지 말라, 욕심내지 말라는 머릿속 지침은

한갓 종잇조각이 되어 바람에 흩날려 갑니다

나의 뇌리는 님의 말 속에 담긴

문제를 좇는 사냥꾼이 되어 묻고 또 묻습니다

그 사이 님의 마음은 한 자락 모습도 보이지 않은 채

나의 시야에서 아득히 멀어져 갑니다

귀만 기울여도

님은 나에게로 다가와 마음을 열 것이라는 가르침은

오직 책 속의 활자로 머물 뿐입니다

세 번의 짧은 만남을 뒤로하고 떠나는 님의 뒷모습은

저기 그곳에 내가 서 있네

여전히 외롭고 허허롭기만 합니다

나와의 만남이

그 외로움을, 그 허전함을 오히려 더 깊게 만든 것 같아

나는 나의 가슴을 칩니다

그래도 님이 무심히 던지고 간 이별의 위로 한마디에

나는 또 들떠서 화려한 재회를 꿈꿉니다

이런 나를 물끄러미 지켜보는

또 다른 내가 지금 저기 그곳에 서 있습니다

님의 마음으로 향하는 먼 길의 길목에서

우두커니 웅크리고 있습니다

설렘과 두려움, 기대와 떨림, 흥분과 전율이 교차합니다

님의 마음속으로 들어가는 일은

때론 맑은 개울의 물속처럼 즐겁고 신이 납니다

그러나 때로는 도저히 깊이를 알 수 없는 심연처럼

검고 푸르러 두렵기만 합니다

그 심연 속에는 부글부글 활화산이 끓어오르고

바닥에는 떨칠 수 없는 끈적거림으로

짙은 외로움이 깔려 있음을 우리는 서로 잘 알고 있습니다

지금 내가 가려는 이 길이

잎새에 이는 한점 바람을 찾아가는 길이라면,

내 심장에 철철 흐르는

피 같은 격정을 만나러 가는 길이라면,

그 길 위에 외로움이 붉은 낙엽처럼 뿌려진들

두려움이 폭풍우처럼 몰아친들

꿋꿋이 나아갈 수 있겠느냐고

나는 지금 나에게 묻고 있습니다

저기 그곳에 내가 서 있네